KB145719

인향문단 창작선

행복해지는
마음 노트

최태균

작가는 아이들을 가르치면서 꾸준하게 글을 써왔습니다. 그리고 인향문단을 통하여 정식으로 작품을 발표하면서 본격적으로 작품활동을 시작하였습니다. 이번에 발행하는 행복해지는 마음 노트는 작가가 써 놓은 많은 작품 중에서 일부를 정리한 것입니다.

인향문단 창작선 001
행복해지는 마음 노트

초판 인쇄일 2018년 9월 10일
초판 발행일 2018년 9월 10일

지은이 최태균
펴낸이 장문정
펴낸곳 도서출판 그림책
디자인 토마토
출판등록 제2010-000001
주소 경기도 수원시 영통구 이의동 웰빙타운로 70
연락처 TEL(010)2676-9912
E-mail khbang21@naver.com

행복해지는
마음 노트

최태균

행복해지는 마음 노트를 펴내며

평범하게 일상적인 생활가운데 벌어지는 일과 생각과 느낌을 그때마다 솔직하게 적고자 이름 붙인 것이 행복해지는 마음 노트 였습니다. 따듯한 마음을 가지고 세상을 바라볼 때 제 자신 스스로도 따뜻해졌습니다. 독자 역시 글을 읽으면서 위로를 얻을 수 있고 함께 고개를 끄덕일 것이라고 믿습니다.

행복해지는 마음 노트라는 제목으로 글을 쓰기 시작한 것이 얼마 되지 않은 것 같은데 많은 시간이 지나 갔습니다. 이별에 대한 아픔을 노래하고 이별에 대한 긍정적인 이해를 삼고자 이별노트를 썼습니다. 그러다 아는 지인이 평범한 일상을 담담하게 써 보는 것이 어떠냐고 해서 쓰게 된 것이 행복해지는 마음 노트입니다.

행복해지는 마음노트를 처음 쓸 때에는 어떤 형식으로 쓸 것인지 정하지 않고 썼습니다. 그래서 행복해지는 마음 노트 첫 부분에는 시도 있고 굉장히 짧은 몇 마디로 느낌 위주의 글도 있습니다. 그러다가 탄력이 붙어서 많은 글을 쓰게 되었습니다. 행복해지는 마음 노트를 쓰면서 일상에서 벌어지는 것들에 대한 애착을 더욱 가지게 되었습니다.

행복해지는 마음 노트를 많은 사람들과 같이 공유하고 싶었습니다. 그래서 여기저기에 글을 올렸습니다. 많은 친구들이 읽으면서 좋다고 해주었습니다. 좋다고 해준 칭찬 중에서 가장 좋은 칭찬이 있습니다.

그것은 내 글을 읽으면 마음이 따듯해진다는 칭찬이었습니다.

마음이 따듯해지는 글을 쓰고 싶습니다. 언제까지 이글을 쓸지는 모르겠지만 마음이 따듯해지는 글을 통하여 다른 사람 그리고 내 자신이 더욱 따듯해지는 마음을 가졌으면 좋겠습니다.

- 최태균

행복해지는 마음 노트

CONTENTS

행복해지는
마음 노트

최태균

행복해지는 마음 노트1

마음 밭

갈아도 쉽게 갈리지 않는 것이 있습니다.
바로 마음 밭입니다.
자갈밭이든, 가시밭이든, 도롯가에 있는 밭이든 좋은 밭이든…… 어떤 밭
이든지 간에 한 번의 수고로 밭이 갈리지는 않는 것 같습니다.
단번에 얻으려는 조급함이 아니라 한 번, 두 번, 세 번……
수십 번의 반복적인 갈아엎는 수고 끝에 밭을 갈아야 합니다.
행복한 마음 밭은 끝없는 노력 끝에 옵니다.

행복해지는 마음노트 2
냄새나는 신발을 빨자

신발에서 발 냄새가 심하게 났습니다. 발 냄새를 없애기 위해서 신발에 향수를 뿌렸습니다. 그런데 기대와는 다르게 더욱 안 좋은 냄새가 났습니다.

기존에 있던 악취와 향이 섞여서 더욱 고약한 냄새를 만들어 냈습니다.

신발을 세탁하고 나서야 고약한 악취가 빠졌습니다.

좋은 마음을 갖기 위해서 가장 먼저 해야 하는 일은 겉으로 포장하는 것이 아니라 냄새나는 마음을 솔직하게 인정하고 마음을 씻는 일입니다.

행복해지는 마음 노트 3

마음씨앗

행복한 마음의 열매를 가지기 위해서는 제일 먼저 해야 하는 일이 있습니다. 그것은 씨앗을 뿌리는 일입니다.
씨앗을 뿌리는 일은 다른 어떤 일보다도 우선적이며 중요합니다.
어떤 씨앗을 뿌리는가에 따라 나중에 얻어지는 열매가 결정되기 때문입니다.
좋은 종자를 가지기 위해서 농부들은 많은 노력을 아끼지 않았습니다.
먼 길을 마다하지 않았고 또한 구한 종자는 아주 소중하게 여겼습니다.
아무리 배가 고파도 먹고 싶어도 종자씨앗은 먹지 않았습니다.
좋은 마음의 씨앗을 골라야 합니다. 하루에 수없이 좋은 마음의 씨앗을 고르는 일을 반복적으로 해야 합니다.

씨앗을 뿌리자
들떠서 섣부른 감정으로 바라보지 말고
좀 더 차분한 마음으로 씨앗을 고르자
지금부터 뿌려지는 씨앗은
지난 몸서리 치고 혹독한 겨울을 이겨낸 내게 주는 선물이기에
튼튼하고 건강한 꿈을 담고 있어야한다
그래 이제 시작이다

행복해지는 마음 노트 4
내 마음의 거울

뿌옇게 김이 서린 거울 앞에 섭니다.
어떻게 하지?
거울을 보기 위해서는 거울에 서려있는 물기를 깨끗하게 없애야 합니다.
행복으로 가는 길에 있어서 나를 바로 바라보는 것은 매우 중요합니다.
지독한 우울, 분노, 슬픔, 불평……
이런 것들을 깨끗하게 걷어내고 내 마음의 거울을 보아야 합니다.
거울을 닦는 일
그것은 조용하게 나를 살피는 것입니다.

행복해지는 마음 노트 5

나와의 화해

울고 있는 한 아이가 보입니다.
누구도 안아주지 않는 아이가 보입니다.
울음소리가 점점 커집니다.
울음소리는 통곡으로 변합니다.
울음소리는 폭풍과 같습니다.
어린아이에게 아무도 손을
내밀어 주지 않습니다.
나는 주저주저 합니다
어떤 말을 해야할 지 모릅니다.
아이에게 다가갈 용기가 나지 않습니다.
하지만 나는 울고 있는 아이를 끌어안으며
이렇게 말합니다.
사랑한다. 사랑한다.
울고 있는 아이가 웃습니다.
이제는 웃습니다.
그 누구도 사랑하지 않았던 아이는
바로 나입니다.

분재나무

식물원을 다녀왔습니다. 식물원에서 눈길을 끈 나무가 있습니다. 바로 분재 나무입니다. 분재 나무를 보면 아기자기 합니다. 분재 나무를 설명해 주는 이름표가 붙어 있었습니다.

그 이름표에는 나무의 종류와 나무의 나이가 적혀 있었습니다.

전 분재 나무를 보면서 이런 생각을 했습니다.

오랜 세월의 양분과 햇빛과 물을 받았음에도 별로 자라지 못한 성장이 멈춘 것으로 보여졌습니다. 보기에는 좋아 보여도 뜨거운 그늘을 피해서 온 누군가의 등을 기댈 수 없는 나무였습니다.

온갖 새들의 지저귐 속에 새 생명이 자라도록 보금자리를 줄 수 없는 나무라고 생각되었습니다.

만약 내가 나무가 된다면 이런 나무보다는 차라리 길가에 심어진 나무가 되고 싶습니다.

두 손을 마주 잡은 연인들의 웃음소리를 들을 수 있고, 다른 누군가의 더운 여름날의 그늘이 될 수 있습니다. 또한 작은 생명들의 보금자리가 되기 때문입니다. 저는 분재나무보다는 평범한 나무가 되고 싶습니다.

그래서 나를 찾아온 사람들과 함께 하고 싶습니다.

행복해지는 마음 노트 7

삐에로

하얀 얼굴 분칠하고
그 위에 빨간 코를 달았지
난 삐에로
항상 웃고 있지만
때로는 속으론 많이 울고 있지
사람들은 내 얼굴을 보고 웃지
때로는 손가락질도 할 때가 있지
하지만 난 울지 않을 거야
공을 굴리거나 링을 돌린다고 슬픈 게 아냐
오히려 작은 무대라도
몸이 아파서 무대 위에 설 수 없을 때가 슬퍼
작은 동물들과 함께
마음껏 노래 불러주고
시름에 잠긴 얼굴에 꽃가루를 뿌려주어서
마음껏 웃게 해준다면
난 삐에로가 될 거야

행복해지는 마음 노트 8
우리의 계절

우리는 계절이 바뀔 때쯤에 다가오는 계절의 이름을 붙여서 부릅니다.
봄비, 여름비, 가을비, 겨울비
봄바람, 여름바람, 가을바람, 겨울바람
봄옷, 여름옷, 가을옷, 겨울옷
수없이 변하는 우리 인생의 계절 앞에
다가올 계절의 이름을 미리 붙여보면 어떨까요?
항상 한 계절만이 우리에게 주어진 것이 아니기 때문입니다. 계절의 이름
을 미리 붙여 봄으로써 당황하지 않고 찾아온 계절의 매력에 푹 빠져 볼
수 있지 않을까 생각해 봅니다.

행복해지는 마음 노트 9
오늘 하루

머리를 감으면서
어제의 나빴던 생각이나 기억들이
거품처럼 사라져 버리게 하자
조금이라도 남은 거품은
깨끗한 물로 헹궈 내고
시원한 바람에 머리를 말리자
길고 커다란 빗으로 머리를
쓸어내리면서 말해보자
오늘 하루도 멋지게 살아보자. 화이팅!

행복해지는 마음 노트 10
나는 너에게

나는 너에게
한 송이 꽃보다는 밥이고 싶어
네가 언제라도 찾아와서 먹었으면 좋겠어
힘이 들고 눈물이 나는 날
네가 배불리 먹고
기분 좋게 활짝 웃었으면 좋겠어
나에겐 화려한 반찬은 없어
다만 따듯한 김이 모락모락 나는
밥 한 그릇일 뿐이야
나를 너무 급하게 먹지는 말아줘
때론 밥에 체하거나 목 메이게 할 수 있어서지
나는 너에게 밥이고 싶어

행복해지는 마음 노트 11

인형과 사랑에 빠졌어요

아이들이 인형을 사랑하는 이유가 무엇일까요?
보통 따뜻한 옷을 입고 있기 때문입니다.
언제라도 안고 있으면 마음이 편해지기 때문입니다.
언제라도 말을 걸고 대화를 할 수 있기 때문입니다.
대화할 사람이 없을 때 말을 걸 수 있기 때문입니다.
인형의 치명적인 강점이자 단점은 내 것이라는 소유입니다.
사람은 언제나 함께 있지 않습니다.
같이 놀아주는 엄마도 잠시나마 자리를 비울 때가 있습니다.
그렇지만 인형은 항상 아이 옆에 있어 줍니다.
아이들이 인형을 좋아하는 것은 어쩌면 당연한지도 모르는 일입니다. 그런데 문제는 어른이 되어서도 지독하게 인형과 사랑에 빠지는 사람이 있습니다. 어른이 되어서도 다른 사람을 인형처럼 내 옆에 두기를 바라는 사람이 있습니다.
항상 자기 옆에 인형처럼 다른 사람이 있기를 바랍니다. 알 수 없는 불안감으로 사람이 항상 있기를 바라는 것입니다.
이것은 자라지 못한 어린아이가 그 사람 안에 숨어 있기 때문입니다.

행복해지는 마음 노트 12
연필잡기

아이들이 똑같은 연필을 가지고 글을 씁니다. 그런데 아이마다 연필을 잡는 방법에 따라 글이 써지는 모양이 달라집니다.
연필을 너무 짧게 잡으면 지나치게 힘이 들어가 글씨가 삐뚤삐뚤 써집니다.
연필을 너무 길게 잡으면 힘이 분산됩니다.
연필을 어떻게 잡느냐에 따라 예쁜 글씨가 나오기도 하고 미운 글씨가 나오기도 합니다.
마음도 마찬 가지인 것 같습니다. 마음의 중심을 어떻게 잡느냐에 따라 나오는 태도가 달라집니다.
마음의 중심을 너무 짧지 않게, 너무 길지 않게 해야겠습니다.

행복해지는 마음 노트 13
마음 키우기

화분에 채소를 키운 적이 있습니다.
고추 모종, 상추 모종 등을 사서 화분에 심었습니다.
고운 화분 흙에 비료를 잔뜩 주었습니다.
아침마다 물을 주고 정성껏 키웠습니다.
하루 이틀…… 며칠이 지나자 볼 때마다 싱그러운 잎사귀가 돋아났고 키
도 자랐습니다.
그런데 이상하게 더 이상 크게 자라지 않았습니다. 그리고 물을 주었는데
도 금방 말라 버리는 것이었습니다.
원인이 무엇일까? 그래서 아는 분께 여쭈어 보았습니다.
두 가지 문제였습니다. 뿌리를 깊게 내릴 수 없게 만드는 화분이 문제였
습니다. 그리고 너무 고운 흙에 비료를 잔뜩 준 것 때문에 그만 말라 버
렸던 것입니다.
좀 더 건강하게 식물이 자라기 위해서는 깊은 용기가 필요하다는 것과
안 좋은 흙도 때로는 필요하다는 것을 알게 되었습니다.
내 마음도 같습니다. 깊은 마음과 안 좋은 흙과 같은 일이 마음을 성장시
키는 것입니다.

행복해지는 마음 노트 14
사람과 사람 사이에 섬이 있다

사람이 사람을 좋아하지 않으면
각자가 외로운 섬이 되지요.
긴 다리를 놓아보아도
바람소리에 묻혀 들리지가 않아요.

행복해지는 마음 노트 15

찾는 마음이 없을 때

다이소에 가면 웬만한 물건 다 있습니다.
그런데 간혹 찾는 물건이 없는 경우도 있습니다.
마찬가지로 넓디넓은 마음을 가진 친구라도
상대방이 찾는 물건이 없을 수 있습니다.
쉽게 구하기 어려운 물건이라면 더더욱 말이에요.
그러니 상대방이 빨리 구해달라는 물건이 없다고
실망하지 마세요.
조금의 시간이 지나고 여유가 생기면
아마 그 물건도 친구의 가게에 준비될 거예요.

행복해지는 마음 노트16

지시약이 한 방울 떨어졌네요

초등 과학 교과 과정 중 산성, 염기성을 배웁니다.
컵에 담긴 용액이 어떤 성질을 가지고 있는지 알기 위해서 사용하는 것이
있습니다. 바로 지시약입니다.
지시약을 붓게 되면 신기하게도 물질이 어떤 성질을 갖고 있는지를 알게
됩니다. 산성인지 염기성인지 있는지 알게 됩니다.
지시약은 마치 잔잔한 호수에 하나의 파장을 가지고 오는
물수제비 같이 퍼져 나갑니다.
마음의 지시약이 있다는 생각이 듭니다.
그것은 고난과 시련입니다.
고난과 시련이라는 지시약이 떨어 졌을 때
우리 마음은 두 가지로 나누어집니다.
감사라는 마음과 불평이라는 마음입니다.
지금 친구의 마음에 지시약이 한 방울 떨어졌네요.
어떤 반응을 일으키고 있나요?
한쪽으로 치우쳐 있다고 실망하지는 마세요.
지시약을 통해서 자신을 되돌아보게 된 것이 중요하니까요.
한 마음이 감사라면 더욱 감사가 넘치게 하면 될 것이고
불평이라면 마음을 다독거리면 되니까요.

행복해지는 마음 노트 17

여유 보자기를 걸고 다녀 보면 어떨까요?

제 가방에는 지인에게서 선물 받은 보자기 가방이 달려있습니다. 접어서 쏘옥 집어넣고 열쇠고리처럼 달고 다닙니다. 편의점에 봉투가 필요할 때 언제든 꺼내서 물건을 담으면 손이 편해집니다. 도서관에 갈 때에는 책을 담는 용도로 씁니다. 필요할 때 담을 수 있는 보자기 참 좋습니다.

마음 한 구석에 이런 여유 보자기를 걸고 다녀 보면 어떨까요?

평소에는 접어서 두었다가 필요할 때 꺼내서 담는 겁니다.

여기에 심술도 담을 수 있습니다. 질투도 담을 수 있습니다. 불편함도 담을 수 있습니다. 미움도 담을 수 있습니다. 너무 크지 않아도 됩니다. 손이 감당이 안될 때 보자기가 필요한 것처럼 내 마음을 담을 수 없을때 준비해 놓은 보자기로 담아 보자구요. 일단 담고 나서 목적지까지 가고 나서는 얼른 말끔히 비우면 됩니다.

행복해지는 마음 노트 18

깁스

뼈에 금이 가면 꼭 해야 하는 것이 있습니다.
바로 깁스입니다. 석고를 붓고 해야 하는 일이 있습니다. 그것은 뼈가 빨리 붙기 위해서 움직이지 말아야 하는 것입니다. 석고를 떼어내고 다시 움직이기 전까지 불편함을 참아내야 합니다. 이때쯤 석고붕대에 여러 가지 낙서들이 쓰여 집니다. 이런 낙서들은 때로는 추억거리로 남기도 합니다. 빨리 낫기를 바라는 마음이 담겨져 있습니다. 깁스를 벗기 전까지 때가 끼고 냄새도 날 수가 있습니다. 하지만 뼈가 붙기 위해서는 이 과정이 필요합니다.
마음의 뼈에 금이 갈수 있습니다.
그럴 때 석고처럼 굳게 하는 것이 있습니다.
그것은 안아줌입니다. 아무런 이유도 묻지 않습니다. 마음에 금이 간 이유에 대해 묻지도 않고 따지지도 않습니다. 그냥 안아줍니다. 같이 울어주는 것입니다.
참 이상합니다. 더 이상 아프지가 않습니다. 눈물방울이 떨어졌던 곳에 눈물 자욱이 마치 낙서처럼 그려집니다. 하지만 빨리 낫기를 바라는 낙서처럼 더 이상 아프지가 않습니다.

행복해지는 마음 노트 19
긍정으로 바라보는 시각이 있어야

어떤 문제가 생겨서 통신사 직원에게 여러 번 문의를 했습니다. 그런데 그 직원은 정확하게 알아보지 않고 건성으로 대답을 해 주었습니다. 그로 인해서 저는 여러 번 전화를 해서 일을 바로 잡아야 했습니다. 여러 번 반복해서 전화를 하면서 점점 화가 났습니다. 분명 조금만 상대방의 소리를 들어주었으면 이런 일이 안 생기는데……

전화를 걸면서 저의 마음을 불편하게 했던 것은 문제를 지적하는 것에 대한 상대방의 오해와 편견이었습니다. 누군가가 이의를 제기할 때 긍정으로 바라보는 시각이 있어야 서로에게 쌓인 불신을 해결할 수 있다는 생각이 들었습니다.

행복해지는 마음 노트 20
감사기도, 오늘부터 해볼까요?

학생들에게 필요한 것이 있습니다. 예습과 복습입니다. 그 날 배울 과목을 읽어보고 살펴보고 관심을 갖는 예습은 선생님의 설명을 좀 더 빠르게 이해시킵니다. 복습은 선생님과 배운 내용을 다시 보는 것입니다. 학생들의 가장 큰 오류는 자기가 배운 것을 백퍼센트 이해했다고 여기는 것입니다. 복습을 통하여 정확하게 이해하는 것입니다.
하루를 사는 과정에서도 예습과 복습이 필요합니다.
아침을 열면서 감사기도를 통해 하루의 삶을 계획하는 것입니다. 단순한 명상이 아니라 삶을 구체적으로 살아야겠다는 결단인 것입니다. 그리고 삶을 이끄는 환경의 선생님 가르침을 받는 것입니다.
저녁에 잠자리에 들기 전 하루를 정리하는 감사의 기도는 복습과 같습니다. 삶이 자기에게 가르쳐 준 것을 잊지 않고 이루어진 일에 대한 감사와 이루어지지 않은 일에 대한 반성의 시간은 우리를 성장시킵니다.
예습과 복습의 감사기도, 오늘부터 해볼까요?

행복해지는 마음 노트 21
따르릉 따르릉 비켜나세요

비틀비틀, 작은 아이가 탄 자전거가 금방이라도 쓰러질 것처럼 위태롭게 갑니다.

따르릉 따르릉 비켜나세요. 자전거가 나갑니다. 따르릉……

어릴 때 부르던 동요가 생각이 납니다. 제가 어릴 적 자전거는 지금처럼 신체 사이즈에 맞게 나온 자전거가 아니었습니다. 완전히 커다란 삼천리 자전거였습니다.

저는 부모님이 자전거를 사줄 형편이 안 되었기 때문에 부모님 몰래 돈을 모아 중고 자전거를 사서 타고 다녔습니다. 자전거를 타면 이리저리 내가 가보고 싶은 곳을 마음껏 다닐 수가 있었습니다. 그런데 자전거를 처음 본 날은 지금처럼 잘 타지 못했습니다. 친구가 자전거를 자랑하는 날 처음 타보았습니다. 비틀비틀 가다가 이내 "쿵" 소리와 함께 아이쿠 했지요. 친구가 뒤를 잡아준다고 해서 용기 내어서 탔습니다. 그런데 얼마 지나지 않아 귀찮다며 뒤를 잡아주지 않는 것이었습니다. 처음에는 친구를 원망했습니다. 그런데 친구가 잡아주지 않아 이리저리 "쿵"하다가 자전거를 조종하는 것이 몸에 배었습니다.

삶도 자전거를 타는 것 같습니다. 누군가의 도움을 의지하여 나아가다가 그 뒷 배경이 사라질 때 절망하거나 낙담합니다. 그러다가 자기 스스로 깨지고 부딪치고 나서 혼자 설 수 있게 됩니다. 혼자서 타는 연습의 시간이 없었다면 지금처럼 자전거를 탈 수가 없겠지요? 누군가가 갑자기 떠나 혼자 남았다는 생각이 들 때 자전거의 따르릉 소리를 기억해보세요. "파이팅"입니다. 자전거를 타고 자전거를 탄 풍경에 빠져 봅시다.

행복해지는 마음 노트 22

#과 b 사이에서

항상 우리는 삶이 반올림이 되기를 바라고 있습니다.
"조금 더"라는 생각으로 하루를 보내고 있는지도 모릅니다. 좀 더 좋은 집, 좀 더 멋있고 기능이 좋은 차, 좀 더 남들보다 빠르게 최신 기계를 손에 넣고 싶어 합니다. 그런데 삶은 나의 의도와는 반대로 반내림의 삶이 지속되고 있습니다. 열심히, 부지런하게 생각하고 움직이려고 하는데 실제로 따라 오는 것은 실패인 경우가 더욱 많습니다. 그렇기 때문에 실망도 자주 하는 것 같습니다.
왜, 반올림이 안 되는 것일까?
더 생각하면 할수록 머리가 복잡해지고 아파집니다. 이런 생각을 가진 친구에게 제안해 봅니다. 생각을 바꿔보는 것입니다. 반올림이 아니라 반내림을 생각해보는 것입니다. 한 가지씩 줄여보는 것입니다. 만능이 되는 것이 아니라 한 가지에 충실해 보는 것입니다.
달리 생각할 수도 있지만 제가 생각하기에 애플 기기의 특징은 전부 잡아서 넣으려 하지 않는다는 것입니다. 정말 기본이 되는 것에 초점을 맞춥니다. 전 애플 기계를 사용하면서 든 생각으로 디자인이 마음에 듭니다. 삶에 있어서도 한 가지를 뺀 반내림을 생각해 보면 어떨까요? 부족함을 인정하고 그것 때문에 스트레스 받지 않고 자신이 제일 잘하는 것에 만족하며 감사하는 삶을 살아보는 것입니다. 이렇게 말씀 드리는 가장 큰 이유는 반내림도 때로는 다른 반올림의 위치에 있기 때문입니다.

향기나는 사람

나무나 풀이 일정한 기간이 되면 꽃을 피웁니다.
꽃에 따라 향기가 납니다. 꽃의 향기는 좋은 것도 있고 나쁜 것도 있습니다. 꽃의 향기는 종족을 유지하기 위한 섭리가 숨어있습니다 . 향기가 좋은 꽃일수록 눈길이 갑니다. 그런데 기운이 다한 향은 더 이상 멀리 퍼지지 못합니다. 향이 더욱 멀리 퍼지게 하기 위해서는 기를 키워야 합니다. 기를 키우는데 있어서 가장 중요한 것은 무엇일까요? 바로 햇빛을 보는 일입니다. 또한 충분한 자양분이 있어야 합니다.
사람에게도 향기가 있습니다. 겉모습은 화려한데 향이 없는 경우도 있고 향이 변질되어 고약한 악취가 나는 경우도 있습니다. 처음에는 좋은 향을 내뿜다가 향이 점점 사라지는 경우도 있습니다. 향기가 지속되기 위해서는 햇빛을 보아야 합니다. 빛을 사랑하며 빛이 있는 곳에 초점을 맞추는 것입니다. 또한 좋은 자양분이 있어야 합니다. 이것은 선한 마음입니다. 이런 자양분은 희생과 충성이 녹은 것입니다.
가장 아름다운 사람꽃은 바로 참 사람냄새 나는 꽃이라고 생각합니다. 항상 따듯하고 섬김이 있는 사람이라고 생각합니다.

행복해지는 마음 노트 24
종기

내 뒷산 언덕에 봉긋, 버섯처럼 종기 하나가 피어났습니다. 하루 종일 앉아서 일해서 그런지 자꾸 건드려서 빨갛게 독버섯처럼 색깔이 변했습니다. 작은 통증이 아니라 산허리까지 통증을 가지고 왔습니다. 외과에 갔습니다. 종기가 피어난 장소가 깊은 계곡 사이에 위치하고 있어서 난처했지만 어쩔 수 없는 상황이었습니다. 얼굴이 붉어졌습니다. 주사바늘로 의사선생님이 마취를 시키고 바늘을 쑤셔놓고 고름을 빼어냈습니다.
그리고 다시 엉덩이 주사를 맞았습니다. 약 처분도 삼일 받았습니다. 작은 종기하나가 가져오는 고통은 무척이나 큰 것 이었습니다. 의사 선생님께서 어떤 사람은 직장부근에 까지 종기가 퍼져서 여러 번 수술한 사람도 있다고 말씀하셨습니다.
마음에도 이런 종기가 있습니다. 바로 미워하는 마음입니다. 처음에는 아주 사소한 것으로 시작하는데 이 마음의 씨앗은 깊게 우리 마음에 뿌리를 깊게 내립니다. 그리고 온 신경을 집중하게 만들고 심한 갈등과 고통을 만들어 냅니다. 나중에는 이 마음 때문에 살인까지 저지르는 경우도 생깁니다. 미움 씨앗이 떨어 졌을때 퍼지기 전에 뽑아내야 합니다.
생각이라는 마취주사를 놓고 이해심이라는 바늘을 꽂고 미움의 고름을 빼내야 합니다. 그리고 용서라는 항생제를 맞아야 깨끗하게 마음이 낫습니다.

행복해지는 마음 노트 25

책 번호 매기기

책에 번호를 매기는 것을 어느 때부터 하지 않게 되었습니다. 책을 건성으로 읽었다는 자책도 있었지만 책에 남겨진 그림과 말들이 시간과 함께 빨리 사라져 버린다는 안타까움도 있었습니다.

책 번호를 잊고 있다가 당황한 적도 있습니다.

어디까지 읽었지?

갈피를 못 잡고 있다가 다시 번호를 매기곤 했습니다.

책의 번호를 매기다가 포기하는 일이 많아졌습니다.

책에 번호가 점차 늘어나면서 모험보다는 안정을 추구하였습니다. 성공보다는 실패를 더 생각하게 되었습니다. 점점 용기보다는 현실의 벽 앞에 고개를 숙이고 말았습니다.

그래서 전 더 이상 책에 번호를 매기지 않기로 했습니다.

당장 급하게 책의 번호를 매기기보다는 앞으로 벌어질 멋진 장면을 떠올리기로 했습니다.

실패를 이기고 성공해서 환하게 웃고 있는 나를 꿈꾸기로 했습니다.

책에 번호를 매기는 것을 버리자 중요한 사실 하나를 발견하게 되었습니다.

그것은 책의 제목이었습니다. 책의 제목이 책 번호인 나이보다 중요하다는 것을 알게 되었습니다.

책의 제목은 "꿈을 꾸고 걷고 있는 나"입니다.

행복해지는 마음노트 26
승부차기

최선을 다했지만 실패의 경험을 할 때가 있습니다. 그런데 실패의 결과가 축구의 승부차기처럼 너무나 아쉽게 오는 경우가 있습니다. 승부차기는 축구경기에서 말 그대로 경기에 이기고 지는 것에 대한 판정입니다. 선수들에게 너무나 가혹한 시간이며 운명을 결정짓는 역할을 합니다. 그런데 승부차기는 보통 경기 규칙에서는 없습니다. 중요한 경기에만 있습니다. 순위를 꼭 매겨야 하는 경기에 있습니다.

승부차기와 같은 결정의 시간이 있습니다. 배우자를 만나는 일, 미래의 사업을 결정짓는 중요한 투자, 직업을 결정하는 일 등.

나열한 것 말고도 중요한 승부차기와 같은 시간이 있습니다. 승부차기와 같은 선택을 통하여 결정지어야 합니다. 한번 결정되어진 선택은 따라야 합니다. 승부차기에서 알아야 하는 것이 있습니다. 오늘의 승부는 결정이 되었지만 다음 경기의 승부는 결정된 것이 아니라는 것입니다. 그렇기 때문에 낙담하지 말아야 합니다. 다음 경기를 준비하는 것입니다. 축구경기가 열정적이고 힘찬 것처럼 인생도 그렇기 때문입니다.

행복해지는 마음 노트 27
물 때

창가에 들어오는 밝은 햇살이 며칠 담궈 놓았던 유리잔을 비춥니다.
햇살은 유리잔을 뚫고 들어와 밑바닥에 낀 물때를 보여 줍니다.
사랑이란 이름의 물때
물때처럼 사랑도 때를 가지고 있습니다.
항상 필요한 것만을 채워주는 것이 사랑이라고 생각합니다.
사랑때는 물때처럼 미끄럽습니다. 사랑때는 사랑하는 이의 잘못된 것을
탓하기보다는 그냥 넘기는 경우입니다.
물때가 낀지 모르고 물을 마시다가 어느 순간부터 물맛이 이상하다고 느
낍니다. 바로 물때 때문입니다. 그냥 넘긴 물때 때문에 물맛이 변해 버린
것입니다.
사랑은 밝은 빛에 비춰보아야 합니다. 사랑때가 끼기 전에 제거해야 합니
다. 그래야 사랑 맛이 변하지 않습니다.

행복해지는 마음 노트 28
잡초

실내에 있는 화분이 햇빛을 보지 못해서 며칠 밖에다 내다 놓았습니다.
물주는 것조차 잊어버리다가 생각이 나서 올라가보니 며칠 동안 보이지
않는 잡초가 보였습니다.
보기가 싫어 잡초를 뽑아서 던져 버렸습니다.
한 화분에 천수국과 꽃잔디가 같이 심어져 있어서 둘 다 말라가고 있어
서 시든 천수국을 뽑았습니다.
다시 물을 주면서 꽃잔디가 퍼지기를 바랐습니다.
그런데 다시 일주일이 지났는데 꽃잔디가 퍼지기 보다는 햇빛을 너무 많
이 보았는지 날카롭게 잎이 변해 있었습니다.
잡초를 뽑았던 그 자리에 또 다른 잡초가 나기 시작했습니다. 그리고 더
더욱 저를 놀란 게 한 것은 뽑아서 던졌던 잡초였습니다.
뜨거운 햇빛에 말라서 없어질 줄 알았던 잡초가 한쪽 벽에 붙어서 자라
고 있었습니다.
한 생명의 끈질김이었습니다. 잡초로서의 삶이라고 누군가에 의하여 뽑
혀져 버렸지만 자기의 생애를 포기하지 않고 조금 남은 흙덩이 속에 자
기의 몸을 지탱하고 있었습니다. 생명의 위대함은 우리의 상식을 뛰어 넘
습니다.
이 잡초처럼 혹은 들풀이라 불리어지는 사람들이 있습니다. 포기해버리
고 싶은 절망감속에 잡초라고 손가락질 받지만 끈질긴 생명력으로 살아
가는 이웃들이 있습니다. 저도 다짐을 해 봅니다.
삶이 비록 지금은 꽃이 피지도 못하고 이글거리는 태양에 녹아내리는 것
같아도, 난 잡초처럼 들풀처럼 생명을 포기하지 않을 것입니다.

아이들은 무엇을 먹고 자라는 걸까?

늦둥이를 둔 친구의 미니 홈페이지를 보다가 이유식에 관한 글을 보게 되었습니다. 정말 다양한 영양가 있는 이유식을 만드는 법이 소개되어 있었습니다. 그런데 전 문득 어릴 적 이유식을 생각하게 되었습니다. 그러면서 할머니의 이유식이 생각났습니다.

할머니가 만들어주신 이유식은 매우 특별하면서도 특별하지 않은 보통 밥으로 만들어졌습니다.

할머니가 만드신 이유식은 암죽이었습니다. 암죽은 원래 곡물로 만든 것을 말합니다. 하지만 할머니의 암죽은 그런 것과는 차원이 다른 것이었습니다. 밥 한 숟가락을 떠서 약해진 안 좋은 치아를 가진 입안에 넣고 오물오물 씹어서 숟가락에 담아 손자에게 떠 먹이는 이유식입니다. 지금의 아기를 키우는 엄마들이라면 이런 시어머니의 행동을 용납하지 못할 것입니다.

분명히 어머니 미친것 아니에요?

하면서 시어머니를 말릴 것입니다. 하지만 제가 어릴 적 이유식은 분명히 그랬습니다. 더럽고 지저분하다고 생각이 들 수 있지만 그래도 그것을 받아먹고 지금까지 자라왔습니다.

지금의 아이들은 무엇을 먹고 자라는 걸까? 특별한 이유식을 준비해서 주었으면 합니다.

그것은 바로 사랑입니다.

돌아가신 할머니가 뵙고 싶어집니다. 어릴 적 할머니 품 안에서 재롱 부렸던 꼬마 모습이 생각이 납니다.

행복해지는 마음 노트 30
분실 시 연락처

아들이 핸드폰을 잃어버려서 지인이 쓰던 핸드폰을 얻어다가 줬습니다. 아들 핸드폰을 바로 개통해주지 않았습니다. 자기 물건에 대한 소중함을 알게 해주고 싶었습니다. 그러다가 오늘 밀린 요금을 정산하고 핸드폰을 개통해주다가 아들 핸드폰을 보게 되었습니다. 초기 화면에 분실 시 연락처가 적혀 있었습니다. 바로 제 전화번호였습니다. 분실 시 연락처였습니다. 순간 드는 생각이 아들에게 난 필요한 사람인 것 같았습니다. 누군가에게 필요한 사람이 된다는 기분 좋은 일인 것 같습니다. 우리는 어떤 문제가 생길 때 찾아가 도움을 받을 수 있다면 행복해 합니다.

문제에 대해서 지적질 하고 아무런 해결책을 주지 않는 사람은 매력이 없습니다. 문제가 생겼을 때 그 문제를 같이 해결해주려는 사람이 필요한 것입니다. 오늘 아들이나 딸의 핸드폰을 확인해 보세요. 분실 시 연락처가 누구로 되어있는지 말입니다. 자녀와의 친밀감을 알 수가 있을 것입니다.

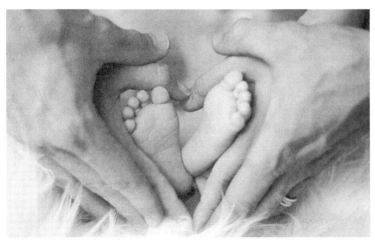

행복해지는 마음 노트 31

작은 기적 하나 만들어 볼까요?

어제 아이들에게 꽃씨 모종을 하나씩 나눠 주었습니다.
"꽃이 피면 너희들이 집으로 가져가게 할 꺼야"라고 말했습니다.
화분마다 아이들 이름을 자기 스스로 적게 하였습니다.
오늘 먼저 온 아이가 물을 마시면서 자기 화분에다가 물을 주었습니다.
다른 아이들도 마찬가지로 물을 주었습니다. 개구쟁이 아이들이 물을 주는 것은 작은 꽃모종이지만 그들에게 그것은 관심의 대상이기 때문입니다.
오늘 학원 차량을 운행하면서 황구 한 마리와 그 곁에 아주 천천히 걷는 아주머니를 보았습니다. 매일 같은 시간대 황구를 데리고 운동하는 아주머니입니다. 사실 아주머니가 운동하기 보다는 나이 먹고 살이 많이 찐 황구를 운동시키는 것처럼 보였습니다. 힘들어 하는 개 옆에서 손짓하며 기다려주는 아주머니의 마음이 개를 사람처럼 사랑하고 대하는 것이 보였습니다. 작은 관심 하나가 기적을 만들어 냅니다.
꽃이 피고 자라게 하는 것도 나이 먹어서 뚱뚱보가 된 강아지를 움직이는 것도 작은 기적입니다.
자 어때요? 작은 기적 하나 만들어 볼까요?

행복해지는 마음 노트 32
마른 장작과 덜 마른 장작

대학교 시절에 한 교수님에게 수업 중 들은 말이 생각이 납니다.
벽난로에 필요한 장작은 어떤 것일까요?
잘 마른 장작, 잘 쪼개 놓은 장작 이라고 학생들은 대답했습니다.
교수님이 말했습니다.
여러분이 말 한대로 잘 마른 장작, 잘 쪼개 놓은 장작이 필요합니다. 그런데 또 한 가지 필요한 것이 있습니다. 바로 덜 마른 장작입니다. 덜 마른 장작이 벽난로에 필요합니다. 그 이유는 마른 장작만 있다면 너무 화력이 좋아서 금방 타버려서 계속해서 불을 지펴야 하는 수고를 해야하는 것입니다. 덜 마른 장작이 있어야 불이 오래 간답니다.
사람과의 관계도 마찬가지입니다. 항상 열정적인 사람, 항상 능력만 있는 사람만 필요한 것은 아닙니다. 때론 우리에겐 덜 말라있는 사람도 필요합니다. 그래야 모임이 오래 갈 수 있습니다. 이 말은 항상 사람과의 관계 속에서 떠올립니다.
얼마 전 속 썩였던 아이들이 학원을 관뒀습니다. 아이들이 관둬서 분위기가 좋아질 줄 알았습니다. 그런데 분위기가 가라앉았습니다.
젖어있는 상대방의 마음을 서서히 마르게 해서 오래갔으면 좋겠습니다.

까치밥

얼마 전 밤에 쓰레기 분리수거를 하면서 분리수거하는 곳에 이런 글이 붙어 있었습니다.

폐지를 다른 사람이 가져가지 못하게 해 주십시요. 폐지를 모아 필요한 마대자루와 청소 도구를 사려고 합니다.

이 글을 보는 순간 이렇게 까지 해서 경비를 아껴야 할까? 생각이 들었습니다. 내가 내는 관리비에서 충분히 충당이 되는 금액인데…… 폐지를 주워 가는 노인들 얼굴을 생각했습니다. 그리고 며칠 뒤에 정말 폐지를 훔쳐가는 여자를 잡아 달라는 경고성 글이 붙었습니다. 절약하고 아끼는 것도 중요하지만 그 정도는 남겨두면 안될까? 라는 생각이 들었습니다. 우리 조상들이 배고프고 힘든 겨울을 보낼 동물들을 위해서 까치밥 정도는 남겨두는 배려를 했던 것을 생각하면 말입니다. 어려웠던 시절, 보릿고개를 넘길 수 있도록 해주는 것은 이웃의 자그마한 배려가 아닐까 생각해 봅니다.

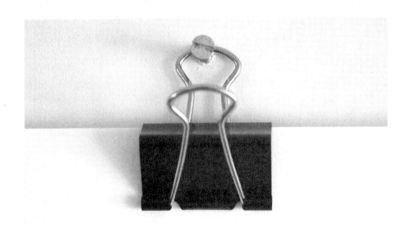

말다툼

오늘 학원 건물에 사는 이웃과 말다툼을 했습니다. 외출 후 돌아와 보니 문 앞에 모르는 택배가 하나 와 있었습니다. 택배가 온다는 아무런 연락이 없었기에 좀 난감했습니다. 혹 이웃 물건일지도 모른다는 생각 때문에 가지고 들어왔습니다. 얼마 지나지 않아 1층에 사는 남자가 택배 온 게 없냐고 해서 택배를 내어주었습니다. 그런데 남자의 행동으로 인해 전 기분이 상했습니다. 고맙다는 말 한마디도 없이 인상을 쓰면서 물건을 가져가는 것이었습니다. 몇 달 전에도 현관문을 잠그고 갔다고 상황 확인 없이 저한테 화를 내었습니다. 계단 청소를 해놓으면 그곳에서 담배를 피고 꽁초를 버리는 사람이었습니다. 저는 남자를 불러 세웠습니다.
그리고 저도 그런 식으로 저에게 한 행동에 대해서 그동안 쌓였던 것을 이야기 했습니다. 그러니까 오히려 저에게 싸울 기세로 나오는 것이었습니다. 그리고 막말을 하는 것이었습니다. 그래서 저도 당신 같으면 어떻게 하겠느냐고 따졌습니다. 그러자 그냥 계단으로 내려가 버렸습니다. 처음부터 이웃하고 싸우려고 했던 것이 아니었습니다. 감사의 표현은 커녕 상대방에게 함부로 하는 태도 때문에 화가 났던 것입니다. 만약 이웃 남자가 감사의 표현과 함께 고마움을 표현했다면 저는 그를 돕는 일이 생길 때 도와줄 마음이 생길 것입니다. 저도 감사의 표현을 하고 살아야겠습니다.

행복해지는 마음 노트 35

어부바

초복입니다. 오늘 같이 더운 날 유난히 더 더운 사람이 있습니다. 바로 아이를 데리고 외출한 엄마, 아빠입니다. 유모차에 아이를 실어서 편하게 움직이기도 하지만 때로는 포대기를 해야할 경우가 있습니다. 좁은 공간이나 유모차 없이 외출한 경우에 아이가 갑자기 칭얼대면서 잠이 온다고 울기 시작할 때 필요한 것이 포대기입니다. 포대기에 업기 전에 이렇게 말합니다. 어부바할까?

"어부바" 너무나도 아이에게 좋은 말입니다. 어부바라는 말과 함께 엄마나 아빠 등에 바짝 붙어서 편하게 움직일 수 있기 때문입니다.

아이에게는 피곤한 몸을 엄마나 아빠에게 맡기고 쉴 수 있는 시간입니다. 하지만 어부바와 동시에 엄마나 아빠에게는 힘든 시간입니다. 자기에게 온몸을 맡긴 아이의 몸무게와 자신의 몸무게를 합쳐서 걸어야 하기 때문입니다. 오늘처럼 뜨거운 열기 속에 길을 걸어가야 하는 상황이라면 너무나 힘든 시간일 것입니다. 아스팔트가 녹아내리는 것처럼 엄마나 아빠의 몸은 녹아내리는 고통이 있습니다. 하지만 자신의 아이를 위해서 자기의 몸을 아낌없이 내놓습니다. 어부바를 통하여 아이는 편안한 안식을 얻습니다. 땀이 비 오듯 쏟아지지만 오늘도 엄마 아빠의 등엔 포대기가 있습니다. 그 옛날 자신의 엄마와 아빠가 그렇게 했듯이 말예요.

화분갈이

꽃씨를 뿌려서 얼마 지나지 않아 푸른 싹이 나기 시작했습니다. 각기 저마다 땅속에서의 힘든 저항을 견디고 나서 새로운 공기를 마시기 위해 열심히 머리를 내밀기 시작했습니다.

꽃씨를 뿌리면서 정말 날까? 생각하며 뿌렸던 생각이 났습니다.

좁은 공간에 뭉쳐 있어서 작은 모종 화분에 제각기 분리해서 심는 작업을 했습니다.

열심히 아침마다 물을 주고 햇빛을 보게 했습니다. 그리고 오늘 모종 화분에서 본 화분으로 옮겨 심는 작업을 했습니다. 제각기 하나의 화분에 옮겨 심으면서 이런 생각을 했습니다. 꽃씨가 자라게 하는 것은 화분이 아니라 흙의 깊이였습니다. 좋은 화분에만 꽃씨가 나는 게 아닙니다. 화분은 아니지만 씨앗은 자랄 수 있다는 것입니다. 제가 처음 꽃씨를 뿌렸을 때 화분이 아니었습니다. 좋은 땅도 아니었습니다. 그런데 화분갈이를 해주면서 알게 된 사실은 흙의 깊이가 식물을 자라게 하는데 무척 중요한 역할은 한다는 것입니다. 외형적으로 아름답고 꾸며져 있는 가정환경을 가졌지만 정말 사랑의 흙이 가득 차 있지 않다면 그곳에서 자라는 꽃은 결코 잘 자랄 수가 없습니다. 외형적으로 볼 때 다 쓰러져가는 집에 전세비도 없어서 보증금 500에 20만원 30만원 월세를 내고 살아도 그 안이 사랑의 토양으로 가득 차 있다면 꽃은 자랄 수 있습니다. 일단 꽃이 예쁘게 피어나서 꽃향기를 뿜어내기 시작하고 아름다운 자취를 드러내게 되면 그곳이 자갈밭이든 가시밭이든 중요치 않게 됩니다.

그곳에 아름다운 꽃이 피어난 것에 대하여 대견함 속에 칭찬을 하게 됩니다.

사랑흙의 깊이를 깊게 만드는 하루가 되었으면 좋겠습니다.

쇠비름

학원 옥상에 꽃 화분을 두었습니다. 꽃 화분을 실내에만 두었더니 꽃이 힘이 없어 보였습니다. 그래서 꽃 화분을 옥상에 두었지요. 어느 날 보니 제 화분에 약초 같기도 하고 꽃 같기도 한 것이 자라기 시작했습니다. 그런데 제가 심어 놓은 꽃이 죽기 시작해서 그것을 뽑아서 한쪽에 던져 놓았습니다. 뽑으면서 흙을 털지 않고 던져 놓았습니다. 그런데 며칠이 지나 보니 죽기는 커녕 한쪽에 퍼져 있었습니다. 광장히 궁금했습니다. 저게 어떤 식물인데 생명력이 강하지? 라는 생각을 했습니다. 그런데 오늘 인터넷 동호인 방안에서 문제의 식물이 약초라고 소개하는 글이 올라 왔습니다. 저에게 문제거리인 식물이름이 "쇠비름"이라는 약초였습니다. 워낙 생명력이 강해 옛날 농촌에서는 골칫거리였다고 합니다. 하지만 쇠비름의 약효가 알려지면서 특용작물로 쇠비름을 재배하는 농가도 있습니다. 항암과 항균과 강장 작용에 탁월한 식물이라는 것입니다. 그런데 이렇게 뛰어난 약초가 저에게는 저의 꽃들을 말라 죽게 하는 못된 잡초에 불과 했습니다. 가치를 모르는 사람 앞에선 그냥 뽑혀져서 던져버리는 잡초였던 것입니다.

사람도 마찬가지인 것 같습니다. 가치를 알아주고 그 가치를 인정해주는 사람에게 더 이상 잡초가 아니라 약초입니다. 내가 생각하기에는 별 것 아닌 아이 같지만 이 아이가 자라서 정말 필요한 역할을 하겠구나. 내가 함부로 아이를 판단하고 평가해서는 안 되겠다는 생각이 강하게 들었습니다. 화초와 같이 사람도 가치를 알아주는 사람을 만나는 것이 얼마나 소중한지 다시 한 번 생각하게 되었습니다.

행복해지는 마음 노트 38
시험이 필요한 까닭

오늘 우리 학원에 다니는 중학생 아이가 서울에서 열리는 연주회에 갔습니다. 아이의 꿈은 음악인입니다.

아이는 어제 학원에 올 때 울먹이며 속상한 감정을 쏟아냈습니다. 학원연합회에서 하는 급수 시험에서 90점이 합격인데 89점으로 떨어졌다고 굉장히 속상해 했습니다. 저는 아이에게 수없이 많은 시험에서 떨어지는 것을 경험할 것이라고 말을 해주었습니다. 그리고 다독거려 주었습니다. 그런데 또 서울에서 하는 연주회에 용감하게 참가한 것입니다. 아이가 수업 시간이 되었는데도 오지 않아 전화를 걸었습니다.

한 시간 후에 아이 어머니께 전화가 왔습니다. 굉장히 많은 실력차로 인해 아이가 충격을 받았다고 말씀하셨습니다. 그리고 한 시간이 흘러서 아이에게 전화가 왔습니다. 아이는 울먹이면서 "선생님 저 피아노 열심히 칠 거예요"하고 말을 하였습니다. 분명히 어제와 오늘의 피아노 시험은 아이에게 힘이 들었을 것입니다. 많은 상처를 받아야 했고 좌절을 맛보아야 했습니다. 하지만 저는 시험을 통해서 아이에게 긍정적인 영향이 있다고 믿고 싶습니다. 시험을 통해서 자기 자신을 돌아볼 수 있게 되었습니다. 자기가 현재 있는 위치에 대해서 알게끔 되었습니다. 시험을 통해야 성장해야하는 이유와 목적에 대해서 분명하게 알게 된 것입니다.

아이가 분명히 이야기 한 것처럼 "열심히 할 거예요. 제 꿈을 위해서요" 라고 말한 것처럼 시험은 긍정적인 영향을 줍니다.

늦은 한 여름 밤

요사이 저는 꾸준히 밤에 운동을 합니다. 특별한 운동은 아니고 그냥 열심히 걷는 것입니다. 하루 종일 일에 시달린 저에게 시원한 바람이 상쾌함을 선물로 줍니다. 어제도 걸었습니다. 제가 주로 걷는 길은 논밭을 따라 난 도로입니다. 가로등 불빛이 너무나 아름답습니다.

길을 따라 걷다보면 늦은 밤에 무서움도 없어지고 땀도 나기 시작합니다. 어제도 길을 걸었습니다. 입추가 지나고 한 주 사이에 많은 것이 달라진 것이 느껴졌습니다.

가을을 재촉하는 풀벌레 소리가 더욱 강렬하게 연주되었고 가는 여름이 아쉬운지 매미의 울음소리는 처량했습니다. 저는 길을 걷다가 가로등 불빛 아래에 떨어져 있는 많은 곤충들을 바라보게 되었습니다. 짧은 날개 짓을 위해 오랜 기간을 보낸 매미의 마지막 날개짓과 그 먹이가 죽기를 기다리는 개미떼와 한 번 붙어보자는 듯 앞발을 들고 있는 사마귀, 풍뎅이 등 여러 곤충들을 바라보게 되었습니다.

늦은 한여름 밤은 또 다른 풍경을 만들고 있었습니다.

가을로 넘어가는 길목에서 저는 풍경 속 곤충처럼 이리저리 뒹굴며 서있는지도 모릅니다.

그리고 한여름의 밤을 보내면서 가을이 오기를 기다립니다.

행복해지는 마음 노트 40

욕 좀 안하고 살고 싶습니다

아침에 아이를 학교에 태워다 주려고 운전대를 잡았습니다.
시동을 걸고 습관처럼 라디오를 켰습니다. 라디오에서는 찬송가가 흘러
나왔습니다.
나도 모르게 흥얼거렸습니다. 조금을 기다리니 아이가 나왔습니다. 차에
시동을 걸고 막 골목을 빠져 나오려고 하는데, 골목 앞 가게에서 남자가
음료수 박스를 들고 나오는 것을 보았습니다. 그 사람은 골목 앞 자기의
차로 올라탔습니다. 그런데 기다려도 그 남자의 차는 움직이지 않았습니
다. 큰 화물차였기 때문에 차를 빼주지 않으면 다른 쪽에서 오는 차를 볼
수 없는 위험한 상황이었습니다. 그 사람은 다른 사람에게 관심이 없었습
니다. 전 순간적으로 화가 났습니다. 차를 어렵게 빼내었습니다. 그사람
옆을 지나면서 내 입에서는 욕이 흘러나왔습니다.
그런데 순간 찬송가와 함께 내 욕이 섞이면서 창피하고 머쓱해졌습니다.
나 혼자가 아니라 아들이 뒤에 타고 있었기 때문이었습니다. 다른 음악
이었다면 조금 나았을지 모르지만 찬송가는 저를 멈칫하게 했습니다. 그
래서 아무 일도 없던 것처럼 라디오 채널을 돌렸습니다. 순간순간 내 자
신의 감정이 제어가 안 되어서 나오는 욕엔 찬송가가 최고의 약이 될지도
모르겠습니다. 욕 좀 안하고 살고 싶습니다.
아니면 욕쟁이 할머니처럼 맛깔 나는 욕을 하던지 말입니다.

행복해지는 마음 노트 41

알수있음과 알수없음

그동안 실명을 걸고 활동했던 사이트에서 탈퇴를 했습니다. 탈퇴이유는 아무런 이유가 없었습니다. 다만 내 자신이 너무 외부에 노출되는 것이 싫어졌고 다른 사람의 활동을 가로막는다는 생각이 들어서였습니다. 그런데 하루도 못 지나 금단현상이 나타났습니다. 그냥 그 사이트에 올라오는 글들이 궁금해졌습니다. 바로 다시 가입하려고 하니 당일 가입은 안 된다고 안내가 떴습니다.

하루를 기다려서 다시 가입했습니다. 다시 실명을 걸고 활동하려고 생각하니 나를 오픈하고 싶은 생각이 없어졌습니다. 그래서 알수없음으로 이름을 고쳤습니다. 그런데 공교롭게도 알수없음이란 아이디를 쓰는 친구가 있었습니다. 그래서 한글자만 고쳐서 알수있음으로 고쳤습니다. 그리고 나서 글을 읽으면서 댓글을 달았습니다. 그러면서 사람들의 반응을 살펴보았습니다.

사람들은 저를 못 알아 보았습니다. 사람들이 누구냐고 묻길래 한번 맞춰보라고 힌트를 주었지만 저를 알아 맞히지 못했습니다. 그냥 전 알수있음이 아니라 알수없음이었습니다.

사람이 잊혀지는 것은 한 순간 같습니다. 한 사람에게 기억되는 것이 얼마나 소중한일인지 모릅니다. 한 사람에게 기억된다는 것은 억지로 되는 것은 아닙니다. 사람에게 기억되는 것은 많은 것을 주어야 한다는 것을 알게 되었습니다. 저에 대해서 이야기를 해야 된다는 것입니다. 저의 삶을 나누어야 사람들에게 기억이 된다는 것을 말입니다.

행복해지는 마음 노트 42
비가 오면 생각나는

어제와 오늘 비가 내렸습니다. 내일도 비가 내린다고 합니다.
오늘 아침에 내린 비의 양은 상당히 많았습니다. 새벽에 빗소리에 깨어
나 멍하니 앉아 있다가 다시 잠자리에 들었습니다. 비 소리가 너무 좋습
니다. 오래 전 많은 비가 내리면 전 우산을 가지고 있지만 비를 일부로 맞
고 다녔습니다. 비를 맞는 것이 좋았기 때문입니다. 비를 맞고 집에 돌아
와 따뜻한 물에 샤워를 하고 새 옷을 갈아입고 나오면 굉장히 상쾌했습
니다. 독립문에 있던 학교에서 남가좌동 까지 거의 두 시간 걸렸는데도
말입니다. 물론 사람들은 이상한 눈으로 저를 쳐다보았지만 저는 비가 좋
았습니다. 물론 지금은 그렇게 하지는 않습니다.
오늘처럼 비가 많이 내리는 날은 몸은 가라앉고 마음은 둥둥 떠 있습니
다.
비 올 때 들어갔던 카페가 생각이 납니다. 비 올 때 들어갔던 맛집도 생
각이 납니다.
유리창에 떨어지는 빗물을 바라보면서 한참 동안 비와 관련된 음악을 들
었던 기억이 납니다.
부대 안에서 근무를 서다가 점심시간에 맞춰서 틀어주었던 김현식의 노
래도 생각이 납니다.
광화문 사거리에 앉아서 비를 맞았던 것도 생각이 납니다.
아아, 비 이야기를 쓰다가 보니깐 비가 왔을 때 만났던 얼굴들이 생각 나
네요.
그 사람들 지금은 무엇을 하고 있을까요? 어디에서 살고 있을까요?
그 사람들도 저 비를 보면서 한 번쯤은 내 생각을 해주기나 할까요?
비가 오면 생각하는 그 사람, 언제나 말이 없던 그 사람 ……
이 유행가 가사를 중얼거립니다.

행복해지는 마음 노트 43
자라지 않는 발

발이 많이 컸네. 아휴, 신발 산지 얼마 안됐는데 ……
아버지의 걱정이 담긴 목소리와 함께 난 내 발이 커지지 않기를 바랬습니다. 그 소원이 이루어졌는지 내 발은 남자발 치고는 작은 편에 속합니다. 어느 순간 성장보다는 그냥 이대로였으면 좋겠다는 생각을 많이 했습니다. 다른 아이들이 새 운동화를 받기 위해 일부러 찢어지게 만들 때 전 운동화가 닳을까봐 천천히 다녔습니다. 혹 운동화가 닳아서 작은 돌이 들어가서 소리가 나도 그냥 신고 다녔습니다.
얼마 전 아들과 함께 다니다가 새 운동화를 사주었습니다. 아들 운동화도 많이 닳아있었습니다. 운동화가 해어졌는데 아무 말도 않고 신고 다녔습니다.
전 아들의 발이 더 자라기 바랍니다. 마음껏 뛰어다녔으면 좋겠습니다. 아들아, 아빠처럼 하지는 마. 미안함과 안쓰러움이 빗물 되어 내 마음에 떨어집니다.

행복해지는 마음 노트 44
바자회

며칠 전 포천도서관 앞에서 자선 바자회가 있었습니다. 교회에서 이웃을 위해서 주최한 바자회였습니다.

물건을 나눈다는 것, 자기의 것을 내 놓는다는 것은 쉬운 것 같지만 참 어려운 일 중의 하나입니다.

물건을 파는 분이나 사가는 분이나 웃음이 있었습니다. 단순한 물건 통용의 의미만 있는 것은 아니었습니다. 그 물건에 있는 기억들을 내려놓는 것과 같기 때문입니다. 우리는 물건 안에 담겨있는 추억과 그리움 또는 이익 때문에 계속 채우기만 합니다. 하지만 내려놓음을 통해 새롭게 얻게 되는 기쁨이 있기 때문에 나누는 일을 하는 것입니다.

행복해지는 마음 노트 45
최대속도와 제한속도

개인마다 각기 다른 종류의 차를 가지고 있습니다. 어떤 이는 아예 차가 없는 경우가 있습니다. 능력에 따라 어떤 이는 240까지 달릴 수 있는 차를, 어떤 이는 180까지 달릴 수 있는 차를 가지고 있습니다. 그런데 이런 차마다의 능력대로 최대속도를 모두 다 낼 수가 있는 것은 아닌 것 같습니다.

최대속도를 내기 위해서는 거기에 알맞은 곳에서 달려야 합니다.

보통의 생활공간에서는 제한속도에 맞추어서 움직여야 합니다. 제한속도는 운전자의 안전과 다른 사람의 안전까지 고려한 것입니다. 속도의 균형을 통하여 안전을 추구하려는 것입니다. 공동체 안에서도 이런 최대속도와 제한 속도는 존재합니다. 다른 지체보다 뛰어난 재능을 최대로 살려야 할 때와 때로는 공동체를 위하여 그 재능을 양보하며 다른 이의 성장을 유도하는 배려가 필요할 때가 있습니다.

행복해지는 마음 노트 46

칼날과 본드

인터넷 동호회 활동을 하면서 여러 사람들과 이야기를 하면서 즐거움에 빠집니다.

그런데 사람들과 대화 중에 발견한 것이 있습니다. 사람의 부류입니다.

사람을 보면 크게 두 종류의 부류가 있습니다. 칼날처럼 상처를 주는 부류와 본드처럼 상처 난 것을 붙여주는 역할을 하는 부류입니다. 칼날 같은 사람끼리 만나면 칼이 부딪치면서 서로에게 심각한 상처를 줍니다. 찔리거나 베이거나 말할 수 없는 고통을 서로에게 줍니다. 그런데 본드 같은 사람들은 상처 난 부위를 본드처럼 붙게 만듭니다. 뼈까지 녹아들어 상처 난 부위를 붙게 만듭니다.

아무렇지 않게 써놓은 글이 다른 이들에게 아프게 할 수 있기에 전 되도록이면 칭찬의 말을 하려고 합니다. 여러분은 어떠신가요?

행복해지는 마음 노트 47
화분가지고 가는 날

한참 수업을 하고 있는데 문소리와 함께 출입문이 열렸습니다. 지금은 고 2가 된 아이가 서있었습니다. 제가 보고 싶어서 찾아 온 것이었습니다. 저는 수업중이라 짧게 안부를 물은 후 꽃 화분을 선물로 주었습니다. 그리고 오늘 아이들이 키워 왔던 화분을 가지고 돌아가게끔 했습니다.

아이들에게 화분을 가지고 오게 한 다음 옮겨 심은 백일홍이 꽃대가 제법 많이 올라와서 아이들이 집으로 가지고 가게 했습니다. 한 아이를 데려다 주면서 꽃 화분에 대해서 이야기 했습니다. "꽃이 자란 것이 신기하지?" 제 질문에 아이는 "네 너무 신기해요." "선생님은 더 신기하다"라고 말해주었습니다. 꽃씨를 뿌려서 자라서 모종으로 키웠고 그리고 화분갈이를 통해서 활짝 핀 꽃이 신기했기 때문입니다. 그러면서 아이에게 네가 아침마다 화분에 물을 줘서 이만큼 큰 거야. 그러면서 아이에게 이렇게 말했습니다. "화분에게 물을 주는 것처럼 너도 너에게 물을 날마다 주어야 한다. 머리가 자랄 수 있도록 지식의 물을 주어야 하고 또한 마음이 자라기 위해서 예쁜 물을 주어야 한다. 마음에 주어야 하는 물은 예쁜 생각, 좋은 생각이야'라고 말했습니다.

아이에게 말하면서 "저도 마음에 날마다 좋은 물을 주어야 하겠다"라고 다시 다짐했습니다. 아이에게 좋은 말을 해주면서 저도 저에게 좋은 말을 해주는 시간이었습니다.

행복해지는 마음 노트 48

뒷걸음

오늘밤도 천천히 걸었습니다. 지친 여름밤을 억지로 보내는 것이 아니라 시원한 자연바람 속에 뜨거워진 몸의 열기를 식히기 위해 시작된 나의 걷기 운동은 한 달을 훌쩍 뛰어 넘었습니다. 오늘도 정해진 코스를 아주 천천히 걸었습니다. 9월을 바로 코앞에 두고 있는 밤은 여름의 옷을 벗기 시작했습니다. 가을을 상징하는 코스모스 꽃길을 따라 걸어갔습니다. 가을이 왔음을 알리는 풀벌레의 현악 연주는 좀 더 강렬해지고 있습니다. 그 속에서 난 걷고 있었습니다.

앞을 보고 열심히 걷고 있었습니다. 그런데 문득 뒤로 걸어보면 어떨까라는 생각이 스쳤습니다.

그래서 뒤로 걸었습니다. 뒷걸음치며 걸었기 때문에 아주 천천히 걸었습니다. 혹시 돌부리에 걸릴까 봐 조심해서 걸었습니다. 뒷걸음으로 걸으면서 눈앞에 펼쳐지는 풍경은 또 달랐습니다. 나의 가는 길의 여운을 눈으로 담을 수 있었습니다. 멀어져 가는 여름을 떠나보내기 싫어하는 내 마음은 눈으로 점을 찍으며 그렇게 걸었습니다. 가끔은 뒤로 걸어보자고 마음먹었습니다.

무려짐

밤에 걷기 운동을 하면서 정해진 코스로 걷습니다. 처음에는 주택가의 조용한 길을 걷다가 대로를 따라 걷다가 다시 주택가 작은 길을 걷는 코스입니다. 그런데 길을 걷다가 소음이 심하게 나는 곳을 만나게 되었습니다. 돌을 가공하는 공장입니다. 이 공장은 깊은 밤 2시가 넘었는데도 공장기계가 돌아갑니다. 이공장의 담벼락을 따라 걷다가 보면 소음이 더 크게 들렸습니다. 그런데 공장 건너편에 30미터도 안 되는 곳에 가정집이 있었습니다. 그 집 옆에는 바로 건물이 있는데 그 건물은 다른 물건을 생산하는 기계가 돌아갑니다. 그 건물 또한 소음이 발생합니다. 그 가정집은 엄청난 소음에 처해 있는 것입니다. 밤낮 돌아가는 공장기계 소리에 어떻게 소음을 참을까? 소음을 이기고 잠을 잘까 ? 궁금해졌습니다. 소음 속에서 잠을 잔다는 것은 대단한 내공을 가지고 있다고 생각이 들었습니다. 분명 무슨 방법이 있지 않을까? 생각했습니다.

방음장치…… 음……아니다.

제가 내린 결론은 "무려짐"이었습니다.

분명 똑같은 소음인데 그것을 이기게 하는 힘은 무려짐이 아니면 불가능합니다.

무려짐이 소음을 더 이상 소음이 아닌 것으로 만들어 버렸습니다.

차이점

저는 인터넷을 통하여 댓글을 달면서 친구들과 교류합니다.
댓글을 다는 것을 통하여 서로에게 안부를 묻기도 하며 정보를 나누기도
하며 재미있는 이야기를 나누며 즐거움을 가져갑니다. 그런데 저는 이런
댓글을 달면서 주부와 저같은 아저씨와의 차이를 발견했습니다. 한 주부
친구가 먼저 그릇에 담긴 음식사진 하나를 올렸습니다. 그런데 저는 음식
외에는 관심이 없었습니다. 그런데 다른 주부 친구 하나가 뜬금없이 그릇
이 만들어진 상호를 말하는 것이었습니다. 그러자 처음에 글을 올린 친
구가 그릇에 대해서 말하기 시작하는 것이었습니다. 또 얼마가 지나지 않
아서 주부 친구가 디퓨저에 관한 것을 사진을 찍어서 올렸습니다. 그런데
이번에도 다른 주부 친구가 사진 속 디퓨저에 관해서 이야기 하는 것이었
습니다. 저에게는 그냥 방향제라는 명칭이 쉽습니다. 주부가 아닌 저에게
는 그릇의 명칭에는 관심이 없습니다. 그냥 그릇이고 방향제 일뿐입니다.
하지만 주부, 그녀들에게 있어서 사용하는 용어가 있습니다. 그런데 이런
문제는 꼭 여자와 남자의 차이는 아닌 것 같습니다. 우리는 한 사물을 받
아들이고 판단하는 일에 있어서 관심사에 따라 자기가 처해있는 상황에
따라 다르게 받아들이는 것 같습니다. 마치 저에게는 그냥 그릇이고 방
향제이지만 그녀들의 수다에서는 다른 것이었습니다.

행복해지는 마음 노트 51
배려하는 지시어

도서관 화장실 작은 방에 난 갇히고 말았습니다. 저를 향해서 날아오는 표창과 화살 같은 말들 때문이었습니다.

"바닥에 침 뱉지 마시오"

"껌 뱉지 마시오"

"휴지를 꼭 휴지통에 버리시오"

내 주변엔 이런 지시어가 날카로운 칼날처럼 날을 세우면서 위협을 합니다.

이런 지시어와 나의 상황이 맞아 떨어지는 경우 주의를 하게 됩니다. 적어도 이런 지시어에는 어떤 행동을 하지 말라는 명령이 담겨져 있습니다. 그 순간 전 명령 속에 있는 것입니다. 이런 지시어를 쓴 사람, 명령하는 사람입장에서 보면 이것은 어쩌면 당연한 요구일수도 있습니다. 하지만 이런 지시어에 노출된 사람을 위한 배려의 지시어를 써보면 어떨까요? 이렇게요.

"목이 아프시죠? 상쾌한 공기 마시세요. 침은 나중에요"

"냄새 좀 나지요? 껌은 이따가 편하게 좋은 곳에서 씹으세요"

"휴지 버리고 싶으시죠? 어때요 휴지통에 골인 시켜보세요"

나 중심이 아닌 상대방을 배려하는 마음이 담긴 지시어를 표현해보세요.

행복해지는 마음 노트 52
볼일을 보다

우리는 화장실을 가면서 "볼 일 좀 보고 올께" 라고 합니다. 화장실에서 볼 일을 보는 것은 용변을 보는 것만을 포함하는 것이 아닌 것을 우린 압니다. 자기만의 시간을 가지겠다는 것을 말합니다.

볼일을 보는 시간은 자신을 비우는 시간입니다. 자기 몸으로 들어온 음식과의 마지막 작별의 시간입니다.

볼일을 보는 시간은 자신을 돌아보는 시간입니다. 자기 몸에서 나가는 자기의 일부를 돌아보는 시간입니다.

자신을 돌아보는 일은 배설물을 살피는 일에서 부터 시작합니다.

배설물을 통해 자기의 건강을 살펴 볼 수 있습니다. 배설물을 내보내지 못해서 우리는 굉장한 어려움을 겪습니다.

배설물이 몸에 쌓여서 몸에 이상이 오기 때문입니다. 지속적인 운동을 합니다.

자기 몸에 쌓인 노폐물을 내보내는 일은 육체에만 머물지 않습니다. 나쁘게 쌓인 마음의 노폐물을 내보내야 합니다.

색깔을 확인해야 합니다. 냄새도 맡아 보아야 합니다. 형태도 보아야 합니다. 왜 이렇게 되었는지 원인도 생각해 보아야 합니다.

자 시원하게 볼일을 보고 새롭게 시작하자고요

저도 볼일을 보고 와야겠습니다.

행복해지는 마음 노트 53
게으름

지난주에 이어서 이번 주도 밀어왔던 전단지 작업을 했습니다. 전단지 작업을 하면서 내가 그동안 참 게을렀다고 생각했습니다. 성경에 보면 게으름에 빠진 사람에 대해서 이야기 하고 있습니다. 밖에 나가서 일을 해야 하는데 게으른 자는 사자를 만나게 돼서 몸이 찢길까봐 못나간다고 했습니다. 핑계입니다. 게으름을 통해서 오는 것은 바로 가난함입니다.
가난함은 다른 사람에게 부담을 줍니다.
부지런함에도 가난할 수 있지만 성경은 게으름이 가난하게 되는 원인이 될 수 있다고 말합니다.
일에 있어서 두려움이 올 수 있습니다. 그 두려움이 게으름의 핑계가 될 수가 있습니다.
두려움을 잊기 위해서 필요한 것이 용기가 필요합니다.
또한 게으름이 오게 되는 것은 바로 분명한 목적이 없거나 잃게 되었을 때 온다고 생각이 듭니다.

행복해지는 마음 노트 54
쪼개서 보기

프린터에 무한잉크 카트리지를 달았습니다. 조심해서 잉크를 넣는다고 했지만 주사기로 잉크를 집어넣다가 손에 묻거나 번지는 일이 많이 생겨서 고민하다가 무한 잉크 카트리지를 달았습니다.

달고 나니 굉장히 편해졌습니다. 잉크가 흐르는 일도 비교적 많이 줄어들었습니다.

그런데 이상한 일이 생겼습니다. 많은 양의 잉크가 잉크통에 담기면서 잉크 색을 잘 구별하지 못했습니다.

잉크색은 분명히 파란색, 노란색, 빨간색, 검정색이었습니다.

어제 잉크통을 아무 생각 없이 들다가 그만 잉크를 엎지르는 일이 생겼습니다. 잉크가 흘렀습니다. 그런데 신기하게도 색깔이 구별되지 않던 것들이 떨어지면서 선명하게 구별이 되었습니다. 평상시에는 보이지 않던 것들이 작게 쪼개질때 보이는 경우가 있는 것 같습니다.

우리 마음도 여러 가지 것들이 뭉쳐 있어서 보이지 않는 경우가 있습니다. 이때 필요한 것이 쪼개서 보는 것입니다.

쪼개서 본다는 것은 욕심을 내서 다 보려고 하는 것을 내려놓는 것입니다.

한 번에 많은 것을 하려 하기보다는 한 가지씩 단순하지만 최선의 색을 내도록 해야 하겠습니다.

그때야 비로소 제 색을 찾을 수가 있습니다.

행복해지는 마음 노트 55
오이농사

오이를 화분에 심어놓고 아침마다 물을 주고 잡초를 뽑는 과정을 통해서 새롭게 알게 된 것이 있습니다.

그것은 줄기마다 작은 오이가 간격이 좁게 많이 달려 있어서 그냥 놔두었습니다. 오이가 많이 달려서 신기하고 좋아 그냥 놔둔 것인데 얼마 후에 보니 자라지 못하고 말라 있었습니다.

'왜 자라지 못하고 말랐을까?'

비교적 큰 것은 놔두고 잘라 놓았습니다. 며칠 뒤에 보니 조금 자라 있었습니다.

일에 있어서 집중력이 얼마나 중요한 지 알게 되었습니다. 너무 많은 것을 하기보다는 일을 잘라서 집중하는 것이 새삼 얼마나 중요한지 알게 되었습니다. 여러 가지 생각들로 머리가 복잡할 때 하나의 분명한 목표를 세워서 나아가는 것이 중요합니다.

열매가 한 번에 많이 달린 것을 기뻐하기 보다는 상품성이 있는 열매를 얻기 위해 힘써야 하겠습니다.

가을 운동회

며칠 전 학원에 다니는 아이가 평소보다 일찍 학원에 왔습니다. 생각해 보니 학교에서 가을 운동회가 있는 날이었습니다. 전 아이에게 달리기 잘 했어? 1등 했지? 하고 물었습니다. 그런데 아이는 아무 말도 하지 않고 잠 자코 있었습니다. 잠시 후에 아쉽다는 표정과 함께 아이는 "달리다가 넘 어졌어요" 라고 대답했습니다. 아이의 기분을 괜스레 건드렸다는 생각에 "너 달리기 잘하니깐 힘내" 라고 말해주었습니다. 아침부터 학교 운동장 에서 애국가와 함께 운동장에 길게 걸려있는 만국기가 보였습니다. 그리고 많은 아이들이 기대에 찬 모습으로 서있었고 부모들이 한쪽 편에 모여 있었습니다.

여기의 운동회는 아직도 옛날 운동회의 모습이 남아 있습니다.

초등학교 시절 운동회는 재미있는 하루를 보내는 날이었습니다. 포크 댄 스, 박 터트리기, 줄다리기, 릴레이 달리기 등. 청군과 백군을 목이 터져라 외치며 응원했던 기억이 납니다.

지금 운동회는 많이 달라졌습니다. 운동회를 없애는 학교도 있습니다.

그 옛날 운동회는 가족들이 모이는 행사였습니다. 김밥 싸고 할아버지, 할머니까지 모이는 가족행사였습니다. 달리기에서 일등도장이라도 찍는 날이면 아이는 자랑하느냐고 정신없었습니다.

저는 운동회가 열리면 학원 수업에 지장이 있을까봐 투덜거립니다. 하지 만 그나마 운동회라도 있어서 아이들에게 예쁜 추억이 생겨서 다행이라 고 생각합니다.

그 옛날 달리기 하다가 넘어져서 아쉬움에 울던 생각 때문에 웃습니다.

꽃씨 받기

어제 도서관에서 오후 내내 그림책을 읽으면서 생각에 잠겼습니다. 그림책에서 주는 감동의 여운이 남아 있었습니다. 학원으로 오면서 길가에 핀 꽃들이 발걸음마저 가볍게 만들어 주었습니다.

얼마 전까지 활짝 피어있던 꽃들이 조금씩 져 있었습니다. 그리고 꽃들이 핀 자리 아래로 꽃씨들이 떨어져 있었습니다. 저는 꽃씨들을 하나둘씩 줍기 시작했습니다. 해바라기 씨, 맨드라미 씨, 분 꽃씨를 주었습니다. 조심스럽게 주워 양손에 꼭 쥐고 학원으로 돌아와서 봉투에 나누어서 담았습니다. 그리고 해바라기씨, 맨드라미씨, 분꽃씨라고 봉투에 이름을 적어두었습니다.

저는 올해 백일홍을 꽃씨를 통해서 꽃을 보았습니다. 꽃씨를 뿌리고 작은 모종으로 자라고 다시 분갈이를 해주고 예쁜 꽃을 보았습니다. 작은 꽃씨들이 마치 저에게 작은 보석처럼 느껴진 이유는 예쁜 꽃을 보고 싶어 하는 마음때문이었습니다. 내년에 시기에 맞추어서 꽃씨를 심을 것입니다.

예쁜 꽃이 저를 보고 환하게 웃어주기 바라기 때문입니다. 꽃을 보면 기분이 좋아집니다. 그리고 꽃들과 함께 기뻐하는 아이들 모습과 가족들, 다른 사람들 때문입니다.

그전에 전 꽃씨를 받아놓은 것입니다. 여러분 좋은 꽃씨를 받아두세요. 그리고 저처럼 심어 보세요. 모두들 내년에 예쁜 꽃동산을 한번 만들어 보아요.

행복해지는 마음 노트 58

호떡

오전에 아이들 시험 대비로 토요일 아침 자유시간을 반납했습니다. 수업 후 보상받고 싶은 마음에 도서관에 가서 읽고 싶은 그림책을 열 권 정도 봤습니다. 차가 고장 나 있어서 학원으로 걸어서 왔습니다. 포천 시내 길로 걷다가 호떡 굽는 포장마차를 발견했습니다. 계절이 바뀌기 시작하면서 길거리의 먹거리도 달라지는 것 같습니다.

호떡 굽는 기름 냄새가 코에 들어왔습니다. 먹고 싶다는 생각이 들었지만 집으로 가서 저녁을 먹어야 한다는 생각에 발걸음을 옮겼습니다. 그런데 이상하게 아버지, 어머니 생각이 났습니다. 내가 어릴 적 부모님이 몇 개월 호떡을 만들어 파신 일이 있습니다. 갑자기 그때 생각이 났습니다. 지금처럼 먹거리와 간식종류가 많은 때가 아니라서 호떡은 꽤 인기가 있었습니다.

하지만 항상 호떡이 잘 팔리는 것은 아니었습니다. 어떤 때에는 재료값도 못 벌었다고 속상해하시면서 두 분이 말씀하시는 것도 들었습니다. 어느 날은 기다려도 안 오셔서 깜빡 잠이 들었는데 딱딱하게 굳어져서 못 파는 호떡을 미안해하시며 삼형제에게 나눠주셨던 때도 있었습니다. 우리 삼형제는 집에서 세 들어 사는 제비새끼처럼 입을 크게 벌리고 먹이를 입으로 넣어 달라듯이 재잘거렸습니다. 어미제비의 근심도 살피지 못하고 말입니다.

세월이 흘러서 그 재잘거렸던 새끼제비들은 또 하나의 어미 제비가 되어서 분주하게 날아 다니고 있습니다.

호떡 냄새 때문에 어머니, 아버지 냄새가 그리워졌습니다. 전화를 드리기로 마음먹었습니다.

행복해지는 마음 노트 59
거울 놀이

어제 학원 보강 수업을 마치고 의정부에 나갔습니다. 돌아다니다가 차 한 잔 마시고 싶어서 커피숍에 들어갔습니다.

커피숍에 앉아서 창가를 보다가 어디에서 불빛이 움직였다가 사라졌습니다. 그렇게 여러 번 반복했습니다.

그래서 호기심에 불빛이 오는 곳을 쳐다보았습니다. 그곳은 수십 개의 거울을 달아 놓은 듯한 기둥이었습니다.

유리거울은 아니었지만 햇빛이 비추면서 빛이 내가 있던 창가 쪽까지 움직였다가 사라졌습니다. 순간 저는 옛날에 초등학교 시절 거울을 가지고 친구들과 장난쳤던 추억이 생각이 났습니다.

거울을 통하여 반사된 빛은 그늘진 곳에 빛을 전달해주었습니다.

그러면 신기하게도 어둠에 사로잡혔던 곳이 금방 밝아졌습니다. 마법처럼 말이에요.

마음 속에도 이런 거울하나 달아놓으면 어떨까요?

햇빛과 같이 좋은 영향을 주는 선한 마음의 빛을 직접 만들 수 없더라도 반사해 줄 수 있게 말이에요. 이런 거울을 마음에 달면 거울에 비친 빛은 다른 사람의 그늘진 곳에 가서 비추게 될 것입니다.

그늘지고 어둡던 상대방 마음에 잠깐 이라도 밝게 비추면 잠시나마 기쁨이 넘치기 때문입니다.

자 마음속에 숨겨놓았던 거울 하나 꺼내서 한번 거울 놀이 해 보아요.

온 세상이 거울에 비친 빛 때문에 눈이 부시겠죠.

꽃잎샤워

꽃 화분을 계단에 보름 정도 놓아두었습니다.

꽃 화분으로 인해 문 입구가 화사해졌습니다.

그런데 햇볕이 들어오는 밝은 날에 청소를 하다 보니 꽃잎에 하얗게 무엇인가가 내려 앉아 있었습니다. 곰팡이였습니다.

햇볕을 보지 못하고 그늘진 곳에 있다 보니 꽃잎에 불청객이 찾아 온 것입니다.

화분을 하나둘씩 옥상으로 끄집어냈습니다. 마침 비가 조금씩 오고 있었습니다.

비가 촉촉히 잎에 떨어졌습니다. 저녁에 집으로 돌아가는데 빗방울이 굵어져서 내렸습니다. 다음날 가을 햇살이 샤워를 끝내고 돌아온 꽃들의 물기를 커다란 수건으로 닦아주었습니다. 참 신기했습니다. 분명히 하얗게 내려앉았던 곰팡이들이 많이 없어졌습니다.

그늘진 곳에 있던 꽃이 가을비를 맞고 햇볕을 쪼이면서 다시 싱싱해졌습니다.

요사이 전 많은 고민 속에서 그늘진 곳에 있었습니다. 그래서 내 잎에 곰팡이가 하나둘씩 피기 시작했습니다. 나도 그늘진 곳에 너무 있지 말아야 하겠습니다. 햇볕도 쪼고 시원한 비도 맞아야겠습니다.

마음에 곰팡이가 피지 않도록 그래서 아프지 않도록 말입니다.

행복해지는 마음 노트 61
나무 편지

달력이 10월로 숫자가 바꾸어 있었습니다.
나무들은 이맘때가 되면 나무들이 정성스럽게 쓴 예쁜 나무 조각 편지
를 땅위로 내려 보냅니다.
빨간색, 노란색, 하얀색……
곱게 물든 조각 편지를 바람에 날려 보냅니다.
바람 우체부는 땅위에 수북하게 조각 편지를 쌓아 놓습니다.
얼마 지나지 않아서 땅위에 하얀 꽃잎 도장이 찍히면 편지들 주인에게 돌
아 갈 수 있을까요?
나뭇잎에 내 마음이 떨어져 부딪히면서 내 마음도 빨간색, 노란색으로 물
들여지는지도 모릅니다.
펜을 들어서 꽃 편지를 써야 하겠습니다.
거기에다가 빨갛게 노랗게 물든 마음을 적어 보내야겠습니다.

행복해지는 마음 노트 62
오래된 간판

며칠 전 분명히 여기에 있었는데 ……여기가 아닌가? 아냐 분명 여기가 맞아. 가게 문을 닫았나 봅니다.

요사이 이런 일들이 내 주변에서 많이 일어나고 있습니다. 분명히 한때는 잘되고 흥했던 곳이 시간의 흐름 앞에 세상의 파도 앞에 어쩔 수 없이 사라져가는 것입니다.

길을 가다가 옛 거리가 그대로 남아 있으면 너무 반갑습니다. 마치 고향 동네에 온 것같은 착각에 빠질 때도 있습니다. 그런데 오래된 간판을 달고 있는 가게를 보면 오랜 친구 같은 생각도 듭니다. 가게 주인과는 아무런 사이도 아니면서 말입니다.

내 인생에서의 간판도 조금씩 낡아 가고 있습니다.

간판을 떼기 전까지 얼마나 많은 거친 세상사가 남아있는지 모릅니다. 하지만 누군가에게 그리움이 되고, 가고 싶고 찾아가서 만나고 싶은 간판이 되고 싶습니다.

행복해지는 마음 노트 63
퍼즐게임

요사이 아는 지인을 통해 우연히 알게 된 게임이 하나 있습니다. 퍼즐게임입니다. 일정한 모양의 동물들을 맞추면 동물들이 사라지면서 게임이 진행되는 방식입니다.

이 게임은 금방 중독 되게 만듭니다. 하루에 한 시간씩 투자 하게끔 만듭니다.

무료한 시간에 잠시 위안을 주는 듯합니다. 처음에 퍼즐을 하나씩 맞추어 나가면서 스트레스를 풀었습니다. 그런데 이 퍼즐 게임이 서서히 저에게는 스트레스 게임이 되어 버렸습니다. 게임을 하다가 풀리지 않는 퍼즐이 나타나면 몇 번을 반복을 하더라도 잘 풀리지 않았습니다. 게임 개발자가 어려운 퍼즐을 만들어 놓고 아이템이 있다면 금방 해결할 수 있게 필요한 아이템을 구입하도록 게임을 만들었기 때문입니다.

저는 결국 이 게임을 지우기로 마음먹었습니다. 그런데 몇 시간이 지나지 않아 금단 현상이 나타났습니다.

잠깐 시간의 여유가 생겨나자 다시 게임을 설치하고 하고 있었습니다. 그리고 아침에 다시 삭제 했습니다. 어제 심한 두통이 있었기 때문입니다. 두통은 분명히 게임으로 인한 것은 아니었지만 어느 정도 영향을 준 것이 사실입니다. 게임을 하는 한 달 가량 책들을 읽지 않았습니다. 그리고 글도 잘 쓰지 않았습니다.

게임을 하고 나에게 돌아온 것은 눈의 피로와 목의 뻣뻣함, 두통, 그리고 제일 소중한 시간을 잃어버린 것 같았습니다.

게임보다 더 즐거운 일이 내 주변에 너무나 많은데도 말입니다.

행복해지는 마음 노트 64
55억이 갑자기 생긴 다면

이주일 전에 한통의 이메일을 받았습니다. 우리나라 사람이 아닌 외국인에게서 온 메일이었습니다. 자기는 병원에 있으며 550만 달러를 유산으로 주고 싶다는 내용이었습니다. 우리나라 돈으로 환산하면 59억이었습니다.

어떻게 내 이메일 주소를 알았는지는 자세하게 나와 있지는 않았습니다. 하지만 하나님께서 일하시는 방법이 다양하다는 마음이 있었기에 그 이메일에 대하여 답장을 하였습니다. 그러면서 나의 마음은 돈에 빼앗기고 있었습니다. 사기일지도 모른다는 생각과 하나님께서 나의 어려움을 해결하시기 위해 사람을 붙여 주셨다는 생각 속에서 갈등했습니다. 물론 사기로 밝혀졌습니다. 55억이나 되는 돈을 보내준다고 유언장과 은행 예금 증서까지 보내주면 저와 같이 혼란스러울 것입니다.

갑자기 생각지 않은 큰 돈이 생긴다는 생각에 정말 나와 아내는 여러 가지 생각을 했습니다. 우선 빚을 갚고 당장 생활에 필요한 물품을 구입하고 나머지는 다 좋은 일에 쓰기로 했습니다.

일을 처리하면서 전 신중했습니다. 저 혼자 일을 처리하지 않았습니다. 영어해석에 능통한 사람과 법률 전문가인 변호사 친구의 도움을 받았습니다. 무역 업무에 밝은 친구의 남편의 도움까지도 받았습니다. 그러면서 일을 처리해가면서 사기라는 것을 알게 되었습니다. 나중에 알게 된 사실이지만 대표적인 사기 유형 중에 하나였습니다. 자신이 암으로 고통 받고 있으며 자신에게 자녀가 없고 교회를 위해 유산을 남긴다는 것이었습니다. 그러면서 병원비나 은행처리비와 법률적인 처리비용을 요구하는 것이었습니다.

저는 그 사람에게 편지를 보냈습니다. 실컷 욕을 하고 싶었지만 이렇게 적어 보냈습니다.

"나는 신실하신 하나님을 믿습니다. 하지만 당신의 돈은 믿지 않습니다."

얼마 후에 그 사람에게 답장이 왔습니다.

"나는 당신이 무슨 말을 하는지 모르겠다."

그러면서 메일이 오지 않았습니다. 정말 그 사람의 의도가 선한 것이었다면 어떻게 해서라도 저를 도우려고 했을 것입니다.

이번 일을 통하여 난 겸손함에 대해서 협력에 대해서 그리고 분별함에 대해서 배우게 되었습니다.

행복해지는 마음 노트 65
벼룩시장

어제 서울 나들이를 했습니다. 버스를 타고 종로 5가에서 내려 신설동역까지 걸어갔습니다. 광장시장을 걸쳐서 동대문 시장, 동묘 벼룩시장으로 다녔습니다.

휴일인지라 사람들이 많았습니다. 시장 길을 걸으면서 전 옛 추억에 빠져들었습니다.

먹거리가 참 많았습니다. 팥죽, 토스트, 오뎅, 떡볶이, 만두, 빵, 호떡, 꼬마김밥······

갖가지 음식냄새가 코로 들어와 길을 가던 저를 유혹했습니다.

토스트와 식혜를 먹었습니다. 꾸며지지 않은 먹 거리는 옛날 향수를 자극하기에 충분했습니다. 투박한 용기에 담아내었지만 넉넉한 인심이 담기는 푸근했습니다.

값싸고 넉넉한 인심덕에 웃게 되었습니다.

동묘 벼룩시장 길을 걸을 때에는 추억으로 생각이 잠기게 되었습니다.

추억의 비디오, 음반, 서적, 많은 신발과 옷들, 갖가지 오래된 물건들이 팔리고 있었습니다.

해를 넘기고 유행도 훨씬 지나버려 본래 주인에게 버림받았던 물건들이었습니다.

그런 물건들이 새 주인을 만나게 되는 것이었습니다.

추억이 담긴 물건들을 보니 그 물건들이 사용되었던 시간과 장소가 그리워졌습니다. 아마 그리움 때문에 벼룩시장에 사람이 많은지 모른다는 생각을 하게 되었습니다.

벼룩시장을 돌면서 전 오랜만에 추억여행을 했습니다.

행복해지는 마음 노트 66

내 학년은?

학원에서 아이들과 함께 생활 하다 보니 느끼는 것이 하나있습니다. 아이들이 별것도 아닌 일로 다투는 것을 종종 보게 됩니다.
오늘도 수업 중에 자기들끼리 장난치다가 싸우는 것을 말렸습니다.
초등학생은 초등학생대로, 중학생은 중학생대로, 고등학생은 고등학생대로 말입니다.
아이들의 다툼을 보면 유치찬란합니다. 특별한 이유가 없습니다.
말려도 소용이 없습니다. 괜한 감정싸움입니다. 달래도 인상을 쓰고 화를 내어도 들어 먹지 않습니다. 그런데 아이들의 싸움을 가만히 지켜보고 있으면 부끄럽게도 저의 모습이 보이는 것 같습니다. 아무런 이유 없이 투정 비슷한 감정싸움을 하고 있는 경우가 많기 때문입니다. 상대방이 가까울수록 이런 현상이 짙어지는 것 같습니다.
가만히 내 모습을 비디오로 녹화 시킨다고 생각해 본다면 성숙한 어른의 모습을 가지고 있다고 자신할 수 있을까요?
나는 지금 몇 학년인가?
초등학생, 중학생, 고등학생, 대학생, 청년, 장년
나의 수준은 어디에 머물고 있는지 살펴보아야 하겠습니다.

10월의 마지막 날

생일날, 결혼기념일, 추도일, 휴일…… 이런 날과는 다르게 기억이 나는 날
이 있습니다.

10월의 마지막 날입니다. 이글을 쓰고 있는 바로 오늘이기도 합니다.

"지금도 기억하고 있어요. 10월의 마지막 밤을, 뜻 모를 이야기만 남긴 채
우리는 헤어졌지요 ……"

가수 이용 씨의 〈잊혀진 계절〉입니다.

이상하게 이 노래가 울려 퍼지고 나면 계절이 마법같이 가을에서 겨울로
바뀌어져 있습니다. 전 가을을 유난히 좋아합니다. 내가 좋아하는 계절
인 가을을 사랑하는 연인을 떠나보내는 것처럼 보내버리고 나면 가슴 한
구석이 아련해집니다.

그렇게 지금까지 수많은 10월의 마지막 날을 떠나보냈습니다. 앞으로 얼
마나 많은 10월의 마지막 날을 보내게 될지 모릅니다.

'내일이면 새롭게 11월이 오겠지? 계절도 겨울로 성큼 다가서겠지? 광속 같
은 시간의 흐름을 막을 수는 없지만, 삶속에서 10월의 마지막 날을 몇 번
아니 얼마나 보낼지 모르겠지만 항상 변치 말고 따뜻했으면 좋겠다.' 라고
마음속에 다짐을 해봅니다. 10월의 마지막 날을 보내는 따뜻한 마음을
가진 사람들과 함께 오늘 이 날을 보내고 싶습니다.

청소기

학원 사무실에 청소기가 두 개가 있습니다. 하나는 산 것이고 다른 하나는 얻었습니다.

나중에 얻은 청소기가 훨씬 흡입력이 좋아서 주로 사용하였습니다.

그런데 주로 사용하는 청소기가 요즘 들어서 부쩍 흡입력이 떨어지고 윙윙거렸습니다. 생각해 보니 귀찮아서 청소기 필터 청소를 하지 않은 것이 생각이 났습니다. 그래서 청소기를 분해하기 시작했습니다. 먼지를 쓸어 버리고 나서 필터를 끄집어냈습니다. 가장 안쪽에 있던 필터도 끄집어냈습니다.

그런데 생각보다 청소기안은 상태가 좋지가 않았습니다. 필터에 먼지 덩어리가 뭉쳐 있었습니다. '아, 이래서 흡입력이 없어진 것이구나' 달라붙어 있는 먼지덩어리를 떼어내기 시작했습니다. 솔로 비비면서 물로 세척을 한참 동안 했습니다.

겨우 달라붙어 있던 먼지를 제거하고 물기를 털어내고 결합을 다시 했습니다. 그러고 나서 청소기의 스위치를 올리자 '윙' 하는 소리와 함께 떨어져있는 먼지를 경쾌하게 빨아들이기 시작했습니다. 먼지를 빨아들이고 청소하는 청소기의 역할을 다시 하기 시작한 것입니다. 청소기도 청소를 해주어야 제대로 돌아갑니다.

청소를 제 때 해주지 않으면 청소기가 막혀서 탁한 공기만 내보내고 청소기의 역할은 하지 못하게 됩니다.

행복해지는 마음 노트 69
삼형제

하루 종일 돌아다니다가 허기가 졌습니다. 어디에 특별하게 들려서 먹는 것보다는 거리를 돌아다니면서 눈에 보이는 대로 먹거리를 먹고 싶었습니다. 그래서 길을 가다가 수제로 만든 오뎅 노점상에 들렀습니다. 아버지와 아들이 함께 오뎅을 만들어 팔았습니다. 오뎅이 제법 맛이 났습니다. 종이컵에 오뎅 국물을 담아서 오뎅을 먹었습니다. 역시 추운 날에는 오뎅 국물이 최고 인 것 같습니다.

입에 오뎅을 한입 물고 서있는데 젊은 부부가 아이들과 함께 들어왔습니다.

엄마품 안에 하나, 아빠 손에 하나, 또 엄마 손에 하나 이렇게 아이가 셋 되었습니다.

아들 삼형제였습니다. 아이들이 예뻤습니다. 엄마 아빠는 아이들에게 어묵을 하나씩 손에 쥐어주었습니다 아이들을 보고 있으니까 어릴 적 장면이 생각났습니다. 바로 우리 삼형제 모습이었습니다. 저의 집 식탁위에는 어릴 적 삼형제 사진이 걸려있습니다. 엄마 품안에 있던 막내는 벌써 딸 둘을 가진 아빠가 되어있습니다. 나도 그렇고 형도 그렇고 많은 시간 속에 어릴 적 모습이 숨어 버렸습니다.

오뎅 냄새가 저를 어릴 적 아버지와 어머니가 운영하셨던 포장마차 속으로 데려갔습니다. 지금도 그립고 따듯했던 어릴 적 부모님의 품속처럼 오늘 만난 삼형제의 엄마아빠도 아이들을 그렇게 따듯하게 키울 것입니다.

행복해지는 마음 노트 70
작은 친절

어제 서울에 나갔다가 생긴 일입니다. 지하철 신설동역에서 1호선에서 2호선으로 갈아타려고 했습니다. 성수방향으로 갈아타려고 하는데 마침 전철이 서있었습니다. 타고나서 보니 성수까지 가지 않는 것이었습니다. 강변 역까지 가야했기 때문에 일행에게 내렸다가 다시 타자고 했습니다. 그런데 내리려고 하니 옆에 한 아저씨께서 내리지 말라고 했습니다. 지금 탄 전철이 맞다는 것이었습니다. 성수까지 가서 어차피 다시 갈아타야 한다고 하셨습니다. 생각해보니 한 방향으로만 오고가는 구간이었던 것입니다. 나와 일행은 아저씨 덕분에 내려서 불필요한 시간을 소비하지 않게 되었습니다.

작은 배려였습니다. 순간 작년에 응답하라1994에서 드라마 주인공이 서울에 와서 전철을 무작정 기다렸던 장면이 생각과 함께 요사이 버스 안에서 보았던 영상이 생각이 났습니다. 건널목에서 신호가 켜지기 전 아기가 탄 유모차를 엄마가 순간적으로 순간 놓치는 장면이 나옵니다. 바로 유모차 옆에 있던 남자는 자신의 발로 유모차를 막았습니다. 그리고 신호가 켜지면서 남자는 웃으면서 길을 건너갔습니다. 바로 작은 배려에 관한 영상입니다. 세상을 살면서 우리는 얼마나 많은 작은 배려 속에서 살고 있는지 모릅니다. 도움을 주는 쪽 일수도 있고 도움을 받는 쪽 일수도 있습니다.

배려를 떠올리면서 그 작은 배려 속에 우리는 미소를 짓게 되며 행복해 합니다.

행복해지는 마음 노트 71
가족 시간 계산기

의사가 심각하게 방안에 들어온 환자로 보이는 사람에게 시간이 얼마 남지 않았다고 말합니다. 그리고 책상위에 당신의 문진표라고 두고 나가면서 읽어보라고 합니다. 당황한 사람들은 조용히 자기가 처음 작성했던 문진표를 읽어봅니다. 그리고 눈물을 떨어뜨립니다. 그 문진표에는 얼마나 많은 시간을 바쁘게 보내는지에 관한 물음이 들어있습니다. 문진표 내용은 '가족과의 보낼 시간'이 얼마 남지 않았다는 것이었습니다. 딸아이를, 홀어머니를, 아내를…… 여러 사람들의 얼굴이 교차되었습니다.
'아~ 나에게 주어진 시간 속에 가족과 보내는 시간이 얼마 되지 않는구나!'라는 것을 깨닫게 됩니다.
위의 글은 제가 우연히 페이스북 에서 본 동영상입니다.
한 보험회사의 광고지만 저에게 이런 생각을 갖게 했습니다.
가족시간 계산기를 통해 난 얼마나 가족과 시간을 보내고 있는 것일까?
조금이라도 좀 더 가족과 아름다운 시간을 보내야겠다고 마음먹었습니다.

행복해지는 마음 노트 72
개미아빠

버스를 타고 동묘 역에서 내렸습니다. 토요일, 일요일에 생기는 벼룩시장이 너무 재미가 있어서 또 갔습니다.

정해진 돈에서 비용을 지출해야 했기 때문에 몇 번을 보고 또 보고 고르고 골랐습니다. 나중에 걸어 다닌 거리를 계산해 보니 족히 12킬로는 걸어 다닌 것 같았습니다.

산더미처럼 쌓여진 재고처리 옷들 중에 하나하나 뒤지면서 마치 숨어있는 보석을 찾는 것처럼 재미를 느꼈습니다.

서울 한복판 도심 속에서 어릴 적 재래시장의 정취를 느낄 수가 있어서 좋았습니다. 또한 다양한 모습의 사람들을 보아서 재미가 있었습니다.

산더미 같이 쌓여있는 재고 옷을 뒤지면서 웃었습니다. 마치 여름에 개미들이 큰 나뭇잎을 조각내어서 물고 가는 것처럼 개미 군단 속에 내가 있다고 생각이 들었습니다. 그리고 나 스스로 "개미 아빠" 라고 불렀습니다.

"개미 아빠" 그래 난 이 표현이 부끄럽지 않다. 열심히 땀 흘려서 일해서 가족을 먹여 살리는 개미 아빠. 좋다. 여러분도 좋으시죠?

행복해지는 마음 노트 73
사랑한다면 이들처럼

도서관에 가서 즐겨보는 월간지를 보았습니다. 그리고 DVD를 보았습니다. "사랑한다면 이들처럼" 제목의 다큐멘터리 영상이었습니다. 결혼 한지 4년이 지난 장애를 가진 부인과 남편이야기였습니다. 두 아이의 엄마인데 기저귀를 갈지 않는 엄마로 자신을 소개했습니다. 그녀 자신도 남편의 도움이 절실히 필요한 사람이었습니다.

한 남자가 소개 되었습니다. 아침부터 정신없이 일을 하며 두 아이들과 아내를 돌보는 남편이었습니다. 장애인 봉사를 하다가 지금의 아내에게 첫눈에 반해서 결혼하자고 졸랐던 남자. 다큐멘터리 영상을 보면서 나는 어떤 사랑을 하고 있는지에 대해서 생각하게 했습니다. 헌신적인 사랑을 하면서 심술을 부리는 남편과 사는 아내에게 고맙다고 말하는 남편. 그리고 그런 아들을 바라보는 남편의 아버지와 어머니

사랑의 표현이 다소 서툴고 거칠어 보이지만 그 안에 있는 가족애가 느껴졌습니다.

남편은 아내를 위해서 결혼식을 준비하였습니다. 나는 결혼식 장면에서 이상하게 눈물이 쏟아졌습니다. 옆에 아무도 없고 칸막이가 쳐 있어서 다행이었습니다. 아내를 사랑하고 남편을 사랑하겠다고 한 그들의 혼인서약

사랑한다면……: 이들처럼

난 어떤 사랑을 하고 있는가? 저 자신에게 물었습니다.

행복해지는 마음 노트

행복해지는 마음 노트라는 제목으로 글을 쓰기 시작 한 것이 얼마 되지 않은 것 같은데 몇 개월의 시간이 지나 갔습니다. 이별에 대한 아픔을 노래하고 이별에 대한 긍정적인 이해를 삼고자 이별노트를 썼습니다. 그러다가 아는 지인이 평범한 일상을 담담하게 써 보는 게 어떠냐고 해서 쓰게 된 것이 행복 해지는 마음 노트입니다.

행복해지는 마음노트를 처음 쓸 때에는 어떤 형식으로 쓸 것인지 정하지 않고 썼습니다. 그래서 행복해지는 마음 노트 첫 부분에는 시도 있고 굉장히 짧은 몇 마디로 느낌의주로 글도 있습니다. 그러다가 탄력이 붙어서 70편 정도의 글을 쓰게 되었습니다. 행복해지는 마음 노트를 쓰면서 일상에서 벌어지는 것들에 대한 애착을 더욱 가지게 되었습니다. 행복해지는 마음 노트를 난 많은 사람들과 같이 공유하고 싶었습니다. 그래서 여기저기에 글을 올렸습니다. 많은 친구들이 읽으면서 좋다고 해주었습니다. 좋다고 해준 칭찬 중에서 가장 좋은 칭찬이 있습니다. 그것은 내 글을 읽으면 마음이 따뜻해진다는 칭찬이었습니다.

마음이 따뜻해지는 글을 쓰고 싶습니다. 언제까지 이글을 쓸지는 모르겠지만 마음이 따뜻해지는 글을 통하여 다른 사람 그리고 내 자신이 더욱 따뜻해지는 마음을 가졌으면 좋겠습니다.

행복해지는 마음 노트 75
피아니시모

꿈에서는 알 수 없는 일들이 벌어집니다. 낯선 사람과의 대화, 낯선 일 등이 아주 자연스럽게 받아들여집니다. 아주 작은 목소리를 내어도 신기하게 알아듣습니다. 웃기도 하고 울기도 하고 두려움에 떨기도합니다. 그러다가 꿈에서 깨면 여리게 사라져 버립니다. 꿈에서처럼 편하게 사람과 만나고 싶습니다. 용기를 가지고 싶습니다.

현실에서는 피아니시모보다는 포르테가 됩니다. 다른 사람에게 약한 모습을 보이기 싫어서 강한 척, 매우 강한 척 합니다.

사실은 매우 여린 마음을 가지고 있는데도 말이에요. 여린 잎을 가지고 있다고 해서 꽃을 피우지 못하는 것은 아니잖아요. 여리지만 부드러움으로 사람들과 함께 하고 싶습니다. 그냥 꿈처럼 말이에요.

* 피아니시모 - 악보에서 매우 여리게 연주하라는 말

행복해지는 마음 노트 76

장례식

어제 지인에게 문자 하나를 받았습니다. 어머님께서 소천하셨다는 소식
이었습니다.

오늘 시간을 내서 장례식장에 갔습니다. 지인의 어머님은 84세였습니다.

장례식이 생겨서 갈 때마다 여러 가지 생각이 듭니다. 부모님에 대한 생
각, 나에 대한 생각, 자녀에 대한 생각 등등

신께서 정해 놓으신 가장 큰 이별의 문을 통과하는 의식인 장례식

그 앞에 우리는 항상 서 있습니다. 분주하게 일상을 살다가 문득 이별의
문이 열릴 때마다 되돌아보게 되는 가족의 소중함, 남은 시간 속에서 가
져야 할 마음을 생각하게 됩니다. 장례식에 모인 사람들은 특별하게 이야
기 하지 않아도 다른 이가 알려준 이별을 통하여 자신의 시간을 돌아보
게 됩니다.

행복해지는 마음 노트 77
금붕어에게 묻다

왜, 난 여기에 있는 거지?
어항에 비친 자기의 모습을 본 금붕어가 말을 했다.
흰 유리구슬 안에 또 다른 물고기 한마리가 보였다.
너는 누구니?
너는 누구니?
잠시만 기다려봐. 다른 아이한테 물어 볼게.
어디에 간 거지? 방금 전에 꼬리가 보였는데
금붕어는 다시 그 자리에 섰다.
너는 누구니?
너는 누구니?
방금 전에 여기 서있던 아이 못 봤니?
너는 누구니?

일상이 되어버린 나의 대화입니다.
거울에 비친 내 모습을 잠시 보고 정신없이 돌아다니다가 돌아와서 그 자리에 서서 내가 누구인지 묻는 것입니다. 어느 때에는 운 좋게 꼬리를 발견하고 잡을 것 같았지만 결국은 놓쳐버리는 나의 하루입니다.
금붕어처럼 또 내가 누구인지 묻습니다.

행복해지는 마음 노트 78
제목 없는 노트

그리움은 제목 없는 노트꾸러미를 발견해서 첫 장을 열었을 때부터 시작합니다.

분명히 이름을 붙였어야 했는데 미처 붙이지 못하고 책상 다리 밑에 쌓아놓았습니다. 계속해서 미루어 놓은 방청소를 하다가 책상 다리 밑 까지 끄집어내기 시작했습니다. 그곳에서 발견한 이름 없는 노트 하나가 보였습니다. 햇빛에 뽀얀 먼지가 하늘로 올라가는 것처럼 제목 없는 노트의 기억들이 하나씩 생각이 났습니다.

삐뚤빼뚤 하게 쓰여 진 글들 위에 사진 하나가 색이 변해서 붙여져 있었습니다.

199 * 년 일기처럼 난 그날을 기록해 놓았습니다.

행복해지는 마음 노트 79

마음카페

달달한 코코아 한잔과 향이 있는 커피 한잔을 마시기 위해 물을 끓이고
있습니다.
주전자에서 벌써 뜨거운 김이 나오면서 공간을 채웁니다.
꼭 바리스타는 아니더라도 커피 향을 사랑한다면 누구나 마음카페의 주
인이 될 수 있습니다. 커피향이 매혹적 일 수 있는 것은 커피 향에 매료되
어 행복해하는 사람들의 얼굴 때문입니다. 짧게나마 웃고 생각에 잠기는
그 얼굴이 전 좋습니다.
마음카페의 문을 항상 열어두고 싶습니다.
요즘처럼 찬바람이 부는 겨울이라면 따듯한 차가 더욱 생각나겠죠?
자, 여기에 당신을 위해서 커피 한 잔 드립니다.

행복해지는 마음 노트 80

사자라고 우긴 고양이

인터넷에서 우연히 사자들 사이에 용감하게 대드는 고양이 사진을 보게 되었습니다.

사자들 속에 날카로운 발톱을 보이며 또한 이빨을 드러내고 있었습니다.

몇 초 안되는 시간 속에 고양이의 반응은 덩치 큰 사자들을 당혹스럽게 하는 것처럼 보였습니다. 하지만 동영상 속 주인공인 고양이의 말로는 사자의 밥이 되었습니다.

고양이는 자기가 사자라고 생각했나 봅니다.

너희는 단지 덩치가 큰 고양이일 뿐이라고 말입니다. 사자는 고양이과입니다. 하지만 사자는 사자이고 고양이는 고양이일 뿐입니다.

자기 몸은 고양이인데 사자라고 우기지는 말아야 하겠습니다.

행복해지는 마음 노트 81

새 책

도서관에 앉아서 책을 읽고 있는데 사서 선생이 새로 나온 잡지들을 서재에 놓습니다. 난 재빨리 주로 읽는 책 한 권을 뽑아 책의 첫 번째 고객님이 됩니다.

새 책에서는 특이한 새 책 냄새가 납니다. 인쇄된 지 얼마 되지 않아서 나는 냄새

그 냄새가 새 책의 매력인 것 같습니다. 새 책을 만나면 꼭 하는 버릇이 있습니다.

책을 들고서 창가에 들어오는 햇빛을 쬐어줍니다. 그 이유는 그 옛날 선생님 중에 한분이 책에 빛을 쬐어주라고 했던 말 때문입니다.

수많은 책들이 사람들에게 읽혀지기 위해서 나옵니다. 하지만 모든 책이 원래의 책임을 다하지 못하고 그냥 서재에 있게 되는 경우가 허다하고 많습니다.

그러다가 먼지가 뿌옇게 앉게 되고 심지어는 곰팡이까지 피다가 버려지는 경우가 많습니다. 그래서 저는 제가 만나는 새 책은 햇볕을 쬐어줍니다.

인생극장의 명장면

나의 인생극장에서 명장면을 꼽으라면 무엇이 떠오르나?
나의 인생극장에서 난 최고의 연기만을 보여주고 싶었습니다.
그런데 시간이 가면 갈수록 최고의 연기 보다는 최선을 다하는 연기가
더 중요하다는 생각이 들었습니다. 최고의 연기는 척하면 됩니다. 별로
내세울 것이 없으면서도 있는 척 하면 됩니다. 그냥 말 그대로 최고인 척
하면 됩니다. 그런데 나의 인생극장은 세월이 가면 갈수록 최고의 상황보
다는 그렇지 않은 상황을 더욱 많이 만나고 경험하게 만들고 있습니다.
항상 최고를 꿈꿔 왔지만 현실은 냉혹하게 나를 밑바닥까지 내려가게 만
드는 경험을 하게 만든 적이 수도 없이 반복되고 있습니다.
최고를 꿈꿨지만 따라주지 않는 현실의 벽으로 인하여 가슴을 쳤습니다.
지금도 마찬 가지로 가슴을 칠 때가 있습니다. 하지만 전처럼 스트레스
를 받는 일은 조금씩 없어지고 있습니다. 그 이유는 최고는 아니지만 최
선을 다하는 연기가 바로 내 모습이라는 생각을 갖게 되면서입니다.
살아보려고 아등바둥 대는 내 모습이 가장 아름다운 장면이고 내 인생
의 명장면이라고 생각합니다. 그러기에 내 인생극장의 막이 내리기까지
열심히 살아 보려고 합니다.

행복해지는 마음 노트 83
향기 나는 말

그리스도인의 향기를 나타내는 일 중 가장 돋보이는 것이 말인 것 같습니다. 꼭 그리스도인이 아니더라도 말을 통하여 그 사람이 어떤 성품을 지니고 있는지 알 수가 있습니다. 말을 통해서 향기가 나타납니다. 긍정의 말, 감사의 말, 믿음의 말, 소망의 말, 세워주는 말, 섬김의 말, 사랑의 말, 칭찬의 말, 겸손의 말 이런 말에서는 좋은 향기가 납니다. 이 말과 다르게 나는 것은 향기가 아니라 악취입니다.

부정의 말, 불평의 말, 불신의 말, 실망의 말, 무너뜨리는 말, 대접받고 싶어 하는 말, 미움의 말, 채찍의 말, 잘난 척 하는 말입니다. 하루에 내뱉는 말들 중에 자신의 말을 분석해 보세요. 어떤 말이 제일 많이 사용되고 있는가요?

향기로운 말들을 많이 사용하고 있는지 아니면 악취가 나는 말을 사용하고 있는지 말입니다.

행복해지는 마음 노트 84

행복한 하루 되세요

왜, 우리는 행복한 하루 되세요 라고 인사할까요?
그냥 행복한 일평생 되세요 라고 하면 안 될까요?
우리는 그날 주어진 하루를 채우는 데에만 익숙해져 있습니다.
지나온 시간보다는 앞으로 남겨진 불투명의 시간에 대한 두려움과 떨림 때문에
우린 행복한 하루를 보내라는 말을 하는 것은 아닐까요?
남겨진 날이 어떻게 펼쳐질 지 아무도 모릅니다. 다만 주어진 길에서 지금처럼 행복하기를 바랄뿐이지요. 그래서 우리는 서로서로에게 이런 주문을 걸고 있는 중인지도 모릅니다.
행복한 하루 되세요

자

아무리 정확한 자라도 사람의 마음을 잴 수 있는 자는 없습니다.
하루에도 수없이 변하는 마음의 깊이를 재는 것은 불가능 합니다.
상대방의 마음을 이해하는 것은 내 자신의 기준이 아니라 그 사람에게
온전하게 맞춰서 시작해야 가능합니다.
자를 사용해서 길이를 재는 문제가 초등수학에서 나옵니다. 그런데 같은
길이를 재는데도 오답이 나오는 경우가 있습니다. 어디에서 시작되었는지
에 따라 답이 달라집니다. 출발점이 0인지 아니면 1인지에 따라 답이 달
라집니다. 우리는 쉽게 상대방의 마음을 안다고 생각합니다. 하지만 같은
길이 이지만 전혀 다르게 답이 나오는 것은 생각하는 시점, 보는 관점이
다르기 때문입니다.

행복해지는 마음 노트 86
피부색

아이들 수업을 마치고 내려가다가 아이들이 소리치는 들었습니다.
그중에 귀에 거슬리는 소리가 들렸습니다.
남자 아이가 어느 흑인 여자에게 말했습니다.
"깜둥이다, 깜둥이다"
저는 아이를 불러 세워 놓고 물어보았습니다.
아니라고 했지만 다른 아이가 맞다라고 했습니다. 아이에게 야단을 쳤습니다. 그리고 흑인 여자에게 일이 일어난 것에 대하여 말하였습니다. 흑인 여자는 아이의 학교 영어 선생님이었습니다.
여자 선생님은 많이 흥분했습니다. 내가 왜 화가 났는지 이해를 하였습니다.
아이에게 다시 물었습니다. 아이는 끝까지 부인했습니다.
그래서 어쩔 수 없이 내가 아이를 의심한 것 같다고 하고 마무리 지었습니다.
차안에서 아이들에게 왜 내가 화가 났는지를 이야기를 했습니다.
어렸을 때부터 인종차별적인 생각을 가지고 있다면 어른이 되어서도 똑같은 생각을 가지기 때문입니다. 너의 부모나 너의 형제가 장애를 가지고 있다고 하자. 그럴 때 다른 사람이 놀리면 좋냐고 물었습니다.
아이들은 아니라고 했습니다. 저도 아이들에게 피부색이 중요한 것이 아니라 중요한 것은 사람 자체라고 말해주었습니다.

내가 하는 일

요즘 들어서 아이들 가르치는 것이 힘에 부칠 때가 많습니다. 아이들이 많이 관두고 새로운 아이들이 들어오지 않아서 수입 면에 있어서도 전만큼 좋지가 않아서입니다.

그런데도 내가 이 일을 그만두지 못하고 잡고 있는 이유가 한 가지 있습니다.

그것은 아이들이 커가는 모습이 사랑스러워서입니다.

아이 중에는 내가 처음 한글을 가르쳤던 아이도 있고 예전에 슈퍼 앞에서 100원짜리 컴퓨터 게임을 했던 아이도 있습니다.

지금은 덩치가 커져서 제법 징그러워 졌습니다. 어떨 때에는 대들기도 합니다. 밉지만 난 그런 아이들이 너무 좋습니다.

몇 해 전 너무 지쳐서 아이들이 싫어진 적이 있습니다. 지금은 아이 하나하나가 소중합니다. 비록 아이들이 내는 수업료를 바탕으로 생활하고 있지만 나는 수업료를 내는 대상이 아닌 내 자식이나 조카 같이 생각을 합니다.

지나가다가 이전에 내가 가르쳤던 아이가 나를 알아보고 반갑게 인사해 주면 기분이 매우 좋습니다.

나는 아이들과 함께 있으면서 많은 것을 제공받습니다. 아이들의 조잘거림과 즐거운 이야기들을 선물로 받습니다. 그래서 이 일을 하고 있는 것입니다.

행복해지는 마음 노트 88
하수구 뚫기

며칠 전부터, 화장실에 물이 빠지지 않았습니다. 아내는 물이 잘 빠지지 않자 막힌 것을 뚫어주는 세제를 부었습니다. 몇 번은 그렇게 하면 물이 빠졌습니다. 그런데 이번에는 세제를 부었는데도 잘 빠지지 않았습니다. 어쩔 수 없이 난 세면대부터 시작해서 뜯기 시작했습니다. 그리고 하나씩 하수구를 하나씩 뜯어내기 시작했습니다. 먼저 세면대 배수관을 뜯으니 머리카락이 한 뭉치가 나왔습니다. 그리고 배수구 역시 여러 뭉치의 머리카락이 나왔습니다.

머리카락이 여러 먼지와 뒤엉켜서 물이 내려가는 흐름을 막은 것이었습니다.

분명 머리카락 하나는 아무런 힘이 없습니다. 하지만 그것이 뭉치고 뭉쳤을 때 막대한 힘으로 작용합니다. 간단하게 세제를 부어서 녹이는 방법은 임시적인 방법이었습니다. 원인을 찾지 않고 계속해서 임시로 처리하다가는 낭패를 당할 수가 있습니다.

하수구 막힘의 원인이 된 머리카락을 완벽하게 걷어낼 때 물이 시원하게 빠진 것처럼 말입니다. 일을 처리할 때 귀찮다고 임시방편적으로 해결하기보다는 조금 시간이 걸리더라도 원인을 찾아서 해결하는 것이 더 효과적입니다.

12월 첫눈

12월 첫날 함께 찾아온 하늘에서 온 선물 첫눈
며칠 전에 첫눈이 왔다고는 하지만 너무 적게 내려서 오늘 내린 눈을 첫
눈이라고 하고 싶었습니다.
처음 오는 눈은 이상하게 나의 마음을 들뜨게 만드는 힘이 있습니다.
달력 한 장을 뜯어내니 마지막 달력이 한 장 남았습니다. 무겁게 들고 있
던 짐들이 하나둘씩 사라져 버린 듯 너무 가벼워 보였습니다.
마지막 잎 새도 아닌 것이 또 다른 기적을 일으킬 것 같은 신비스러움도
있습니다.
12월의 첫날 하늘에서 내린 첫눈이 나에게만 아니라 다른 사람 모두에게
기쁨이 되는 눈이 되었으면 좋겠습니다.

토스트

한 중학생 아이가 식빵을 가지고 왔습니다. 빵을 주면서 나에게 "선생님 토스트 해주실 수 있어요?" 했습니다.

녀석 덕분에 토스트를 하게 되었습니다. 계란을 풀고 빵을 묻힌 다음 프라이팬에다 구웠습니다.

아무것도 들어가지 않은 토스트였습니다. 하지만 아이들의 반응은 폭발적으로 좋았습니다. 한 녀석은 "선생님 사랑해요" 라고 아부까지 떨었습니다.

아이들은 정신없이 한입씩 토스트를 가져갔습니다. 아이들과 함께 있으면 너무 즐겁습니다. 가끔 가다가 공부를 안 하고 친구들끼리 싸우면 밉지만 말입니다.

난 아이들과 함께 커갑니다. 어른이 되었다고 자라지 않는 것은 아닌 것 같습니다.

토스트를 먹고 싶다고, 선생님과 함께 있는 시간이 즐겁다고 해주면 그것으로 보상을 충분히 받습니다.

행복해지는 마음 노트 91

등교 시간

요사이 버스로 출근을 합니다. 버스에서 내려 초등학교가 있는 골목으로 지나쳐 사무실까지 오는 코스입니다.

오늘 아침도 변함없이 길을 걷고 있었습니다. 많은 사람들이 나와서 초등학교 아이들 등교를 돕고 있었습니다. 골목 교차로 골목에서 깃발을 들고 서있는 할아버지, 교문 앞에 선생님들, 학부모로 보이는 엄마들이 나와 있었습니다.

아이들이 학교로 등교하는 시간에 여러 사람들이 함께 있었습니다.

제가 어릴 적 생각해보니 녹색 어머니회 어머니들이 나와서 등교 시간 봉사를 했던 것이 생각이 났습니다.

여자 아이 하나가 등교시간이 늦었다고 생각했는지 뛰어서 교문 앞으로 왔습니다.

"뛰지 마라, 빨리 걸으면 늦지 않아." 한 엄마가 소리쳤다. 그러자 아이는 빠른 걸음으로 걷기 시작했다.

아이들의 평범한 일상입니다. 그 평범한 아이들의 일상을 위해서 돕는 손길이 있다는 것을 알게 되었습니다. 나 혼자만의 삶이 아니라 함께 하는 세상입니다.

그런 어른들의 관심 속에서 아이들이 자라서 나중에 어른이 되면 그 중에 일부가 똑같은 모습으로 미래의 아이들 등교시간을 돕고 있을 것입니다.

텔레비전 출연

며칠 전에 어머니께 전화가 왔습니다. 부모님께서 생로병사라는 프로그램에 나오셨다는 것입니다. 방송이 있는 날 텔레비전을 켜놓고 기다렸습니다.

정말 방송에 두 분이 나오셨습니다. 아버지 어머니 모습을 텔레비전 에서 뵈니까 신기했습니다. 건강한 모습으로 나오셔서 추억이 되었습니다. 물론 녹화도 해놓았습니다. 어제 방송 프로그램 중에서 방송인 이휘재 씨가 아버지를 모시고 사진관에 가서 사진을 찍는 장면이 나왔습니다. 쌍둥이 아들과 삼대가 카메라 앞에서 서서 멋진 사진을 찍었습니다. 그리고 조금 후에 아버지의 영정사진을 찍는 장면에서 그가 눈물을 흘렸습니다. 저도 눈물이 나왔습니다. 부모님과의 시간이 얼마 남지 않은 것을 알고 있기 때문입니다. 오늘 눈이 많이 내립니다. 부모님과 장모님께 전화를 드렸습니다. 아버지하고 통화하면서 사랑한다고 말씀 드렸습니다. 그리고 오래 사셨으면 좋겠다고 했습니다. 눈을 바라보면서 부모님과 아름다운 추억을 많이 만들어야겠다고 생각했습니다.

행복해지는 마음 노트 93
그림책

지난주 토요일에 친구들과의 만남이 있어서 지하철을 타게 되었습니다.
내 옆자리에 있는 여자아이가 눈에 들어왔습니다.
혼자 중얼중얼 그것도 화려한 영어 실력을 자랑하면서 말입니다. 외국 꼬
마 친구였습니다. 혼자서 중얼중얼 거리면서 자기가 가지고 있는 장난감
을 이용해서 놀고 있었습니다. 너무 귀여웠습니다. 그래서 아이한테 내가
전에 그려놓은 그림사진을 보여주면서 말을 걸었습니다. 원 버튼 ~ 다행
히 아이는 내 그림책을 즐겁게 봐주었습니다. 순간 아이의 얼굴도 내 얼
굴도 즐거움이 흘렀습니다.
아이들은 너무 사랑스럽습니다. 국적을 떠나서 말입니다. 아이와의 작은
소통을 해준 것은 내가 그린 작은 그림책이었습니다. 그림책이 아이와의
대화 통로가 되게 해 준 것입니다.
아이들을 위한 이야기를 지어내는 것, 행복한 일인 것 같습니다. 아이와
의 작은 공감이 나를 행복하게 만들어주기 때문입니다.
아이들의 눈동자를 바라보면서 저도 따라서 행복해집니다.

매듭매기

한 달 전 아들에게 운동화를 사주었습니다. 그리고 전에 아들이 신던 신발을 세척해 주었습니다. 신발을 세척한 지 한참이 지났는데도 그 자리에 그대로 있어서 아들에게 신발 끈을 묶으라고 시켰습니다. 그런데 아들이 신발 끈을 매는 방법을 잘 모른다고 알려달라고 했습니다. 덕분에 저도 운동화 끈을 오래 간만에 묶어 보게 되었습니다. 처음에는 조금 헤매다가 묶었습니다. 아들은 내가 묶은 모양이 자기 마음에 들지 않는다고 운동화 신발 팔던 곳에서 매어 주었던 신발 하나를 가지고 와서 그대로 흉내 내어서 다시 묶었습니다.

똑같은 것인데 대하는 방법에 따라 다르게 상황이 나타나는 것 같습니다.

아들이 보는 시각과 내가 보는 시각이 달랐습니다. 같은 신발의 끈을 가지고 여러 가지 매듭 모양으로 운동화를 묶을 수 있었습니다.

너무 힘들고 어렵다고 생각이 드는 상황도 다른 시각으로 본다면 다르게 진행될 수 있다는 생각을 하게 되었습니다.

일 년을 수없이 많은 매듭을 묶었다가 풀면서 보냈습니다. 그리고 며칠 남지 않은 달력 한 장을 보면서 여러 가지 생각에 잠겼습니다. 다가오는 새해에도 그렇게 매듭을 묶었다가 풀면서 보내겠지 하고 말입니다.

행복해지는 마음 노트 95
마음화장실

점심시간에 식당에서 만둣국을 시켜놓고 앉아 있었습니다.
잠시 핸드폰을 만지작거리다가 문득 눈에 들어온 것이 있었습니다.
화장실이었습니다. 화장실에는 "체중감량실"이라고 적혀 있었습니다. 순
간 빵 터져서 웃었습니다. 체중 감량실에서는 여러 가지 일이 일어납니
다.
화장실, 뒷간, 해우소, 변소, 단장실, 측청, 회치장 등등 여러 가지 화장실
에 별명이 있는 것을 보면 말입니다. 화장실에서 볼일을 보는 시간은 자
신만의 시간입니다. 볼일을 보면서 자신을 돌아보며 생각할 수 있는 곳입
니다.
마음에도 화장실이 필요합니다. 마음에도 볼일을 보는 것이 필요합니다.
그것은 바로 자신 생각을 비워내는 일인데 이것은 꼭 필요합니다. 하루에
한번 화장실을 가서 몸 안에 축적된 찌꺼기를 뽑아내는 것처럼 나쁜 마
음과 생각을 뽑아내야 합니다. 너무 조급하게 서두르다가 일을 그르치기
보다는 생각과 마음을 정리해 가면서 성장을 이루어내야 합니다.
오늘도 마음 화장실에서 체중을 감량시켜 볼까요?

행복해지는 마음 노트 96
부모님과 스마트 폰

아버지께 아침에 연락이 왔습니다. 제수씨를 통해 핸드폰을 새로 구입하 겠다고 하셨습니다. 몇 달 전에 시간 내서 핸드폰 매장에 같이 가자고 하 셨는데 바빠서 못 갔습니다. 어머니도 이번에 스마트 폰으로 바꾸셨습니 다. 노인들에게 스마트 폰이 무슨 필요가 있나 할 수도 있습니다. 하지만 노인분들도 스마트 폰의 편리성을 이용하실 수가 있습니다. 아버지는 전 에 내가 스마트 폰을 드린 적이 있어서 비교적 잘 쓰십니다. 어제와 오늘 아침 어머니께 전화가 왔습니다. 스마트 폰을 만지작거리시다가 저한테 전화가 걸린 것이었습니다. 어머니는 마치 전쟁터에서 싸우다 아군을 만 나신 것처럼 반가워 하셨습니다. 난 덕분에 어머니와의 짧은 통화를 할 수 있었습니다.

지금 두 분 다 새로운 신세계를 경험하시고 계십니다. 난 스마트 폰을 아 이처럼 신기함으로 바라보시는 부모님 얼굴을 떠올리며 웃습니다. 좀 더 좋은 세상을 누리고 즐기셨으면 좋겠습니다. 열심히 배우셔서 두 분 다 카톡으로 문자를 보낼 수 있으면 좋겠습니다.

행복해지는 마음 노트 97
제일 비싼 식사 약속

세계부자 순위에서 5순위를 이름을 올리는 워런 버핏, 매년 자선행사로 자신과의 점심 식사를 함께하는 것을 경매에 부칩니다. 얼마 전에는 빌 게이츠를 동반하여 여러 명이 함께 식사하는 이벤트도 하였습니다. 2014년에도 자선행사는 이루어졌습니다. 사람들이 이렇게 점심 식사에 목을 매는지 정확하게 알 수는 없지만, 사업가로서 경제를 바라볼 수 있는 안목을 가르쳐 준다고 합니다. 한 끼 식사로 우리 돈으로 22억이라고 합니다. 경매에 참여하는 사람들은 그만큼의 값어치가 있다고 생각한다고 합니다. 이렇게 제일 비싼 식사가 있는가 하면 가장 싼 식사가 있습니다.
가족과의 식사입니다. 가족과의 식사는 그냥 얻어지는 공짜입니다.
가족이 되면 잘나든 못나든 상관이 없습니다. 그냥 자리에 앉아서 즐기면 되는 것입니다. 가족과의 식사는 값어치가 없는 것처럼 무의미하게 보일수가 있습니다. 하지만 가족과의 식사는 결코 가장 싼 값어치를 가지지 않습니다. 가족과의 식사시간은 사랑을 나누어 먹는 시간이기 때문입니다. 엄마로서 아빠로서 아이의 웃음을 보며 평안을 나누는 시간입니다. 김이 모락모락 나는 가득 담긴 밥공기 한 그릇의 값어치가 워런 버핏과의 식사만큼 값어치가 있다는 것을 잊지 말아야겠습니다.
함께 앉아서 식사를 못 하는 가족도 있기 때문입니다.

행복해지는 마음 노트 98
마을버스

우리 동네에서 대로로 나가려고 하면 걸어서는 10분에서 15분 정도 걸립니다. 그 수고를 덜기 위해서 가끔 마을버스를 탑니다. 그런데 마을버스를 타면서 생각하게 된 것이 있습니다. 바로 정다움입니다. 버스를 타기 전 정류장에 같은 시간대에 나가기 때문에 자주 보게 되는 사람들이 있습니다. 마을이 좁기 때문에 사람의 변동이 심하지 않습니다. 가끔 내가 가르쳤던 아이들과 만나게 됩니다. 마을버스를 기다리다가 타면 기사 아저씨가 인사를 합니다. 나도 언제부터인가 인사를 하게 되었습니다. 바쁘지 않은 시간에 타면 몸이 불편하신 어르신이 내리시는 경우는 정류장이 아닌데 차를 잠깐 세워서 걸음을 줄이도록 배려도 해줍니다.

산골 시골은 아니지만 그 시간대에 버스를 탔기 때문에 기사 아저씨가 얼굴도 기억해 줍니다. 일에 있어서 때로는 정확하게 칼처럼 들이대야 할 때도 있습니다.

하지만 때로는 마을버스처럼 조금은 여유가 있는 작은 배려를 통해 도움을 줄 수 있다는 것을 알았으면 합니다.

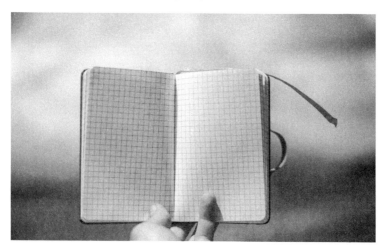

관점

"선생님 관점이 무슨 말이에요?"
수업시간에 한 아이가 던진 말입니다.
"응 쉽게 얘기하자면 관점은 안경과 같아. 노란 안경을 쓰면 노랗게 보이고 빨간 안경을 쓰면 빨갛게 보이는 것처럼 어떤 생각을 하고 있느냐에 따라 보이는 것이 다르다는 거야."
아이는 고개를 끄덕거렸습니다. 살면서 우리는 이런 관점의 문제를 많이 경험하게 됩니다. 또한 한번 굳어진 관점은 좀처럼 바뀌지 않습니다.
교회 안에 한 남자아이가 노랗게 염색 머리를 하고 귀에 귀걸이를 하고 나타났다고 합시다. 그러면 대번에 교회어른들은 자신의 자녀가 그 아이와 어울리는 것을 싫어할 지도 모릅니다. 옷차림으로 인한 부정적인 생각을 가질 수 있습니다. 하지만 머리를 염색하고 귀에 귀걸이를 했다고 아이가 나쁜 아이라고 생각하면 안 된다고 생각합니다. 옷차림으로 사람을 평가해서는 안 됩니다. 전에 괌에서 겪은 일이 생각이 납니다. 영어 선생님으로 초대받아서 오신 분은 괌에서 교육 쪽으로 저명하신 분이었습니다. 그런데 며칠 동안 본 그분의 옷차림은 똑같았습니다. 툭 튀어나온 배에 걸친 와이셔츠에 얼룩이 묻어 있는 채 말입니다.
하지만 그분과의 수업시간에서 크게 감명을 받았습니다. 영어로 통역해서 말하자 통역하는 사람에게 그분은 화를 내셨습니다. 잘 난 척하지 말고 그대로 있으라고 하셨습니다. 영어를 못 하는 사람이 말을 한마디라도 하게끔 배려하라고 하셨습니다. 우리 한국식 교육시간이었다면 불편해서 대번에 영어를 잘하는 사람에게 통역하라고 시켰을 것입니다. 이처럼 관점은 사람과의 관계에서 또한 자기 자신에게 큰 영향을 줍니다.
살면서 좋은 관점을 가지도록 해야 하겠습니다.

행복해지는 마음 노트 100
행복해지는 마음 노트

행복해지는 마음 노트가 100번째 쓰고 있습니다.
처음 몇 번 쓰다가 끝날 것 같았는데 쓰다가 보니까 100번째입니다.
한 번에 100번을 쓰라고 하면 쓸 수가 없을 것입니다. 하지만 글이 생각날 때마다 메모해놓고 생각을 정리해서 쓰니 가능했던 것 같습니다. 어떤 때에는 하루에 3편 이상의 글이 생각나서 쓸 경우도 있었지만 어떤 때에는 일주일이 지나도록 한 편의 글을 쓰기도 어려울 때가 있었습니다. 행복해지는 마음 노트를 쓰면서 내 마음의 폭을 넓히고 있습니다. 행복해지는 마음 노트를 쓰면서 마음이 따뜻해지는 것을 느낍니다. 글을 통하여 다른 이 또한 읽으면서 마음이 따뜻해지기를 바랍니다.
솔직히 행복해지는 마음 노트를 쓰고 읽는다고 당장 행복한 감정이 찾아오지는 않습니다. 하지만 첫 번째 글이 100번째 글이 된 것처럼 좋은 생각과 마음을 가지고 있을 때 행복함을 찾을 수 있다고 생각합니다.

행복해지는 마음 노트 101
아빠들은 바쁘다

요사이 주말 텔레비전 프로그램을 보면 공통적인 주제가 하나 있습니다. 그것은 아이를 돌보는 육아 아빠입니다.
"아빠 어디가?", "슈퍼맨이 돌아왔다", "오 마이 베이비" 등 입니다.
이 프로그램들의 긍정적인 효과는 분명히 있습니다. 가부장적인 아버지가 아니라 아이를 같이 돌보고 교육하는 아빠의 모습을 보여주고 있기 때문입니다. 분명히 육아는 엄마 혼자만의 힘으로 이루어지는 것이 아니기 때문에 긍정적인 것으로 받아들이고 있습니다. 그런데 한 가지 아쉬운 점이 있습니다. 한국사회 아빠의 모습이 텔레비전에 등장하는 아빠의 모습이 전부인 것처럼 보여주고 강요당하는 느낌을 받습니다. 아이들과 함께 시간을 보내고 싶고 아이들의 재롱을 보고 싶은 것은 아빠의 당연한 소망인지 모릅니다. 그런데 바쁜 직장생활을 하고 돌아오는 현실의 아빠 모습은 얼마 전 끝난 드라마 "미생"에 등장하는 일에 찌들린 아빠 모습에 더욱 가깝다고 생각이 듭니다. 프로그램 등장하는 아이와 아이의 아빠는 인기와 돈과 아이와의 시간을 보낸다는 큰 선물을 함께 가져갑니다. 하지만 현실의 아빠들의 상황은 그렇지 않기 때문에 쓸쓸합니다. 바쁜 아빠들을 이해해주고 받아들이는 공감 또한 필요하지 않을까 생각해 봅니다.

나만 힘든 게

오랫동안 참석할까 망설이고 고민하던 자리에 참석했습니다.
가상공간 속에서 만난 친구들을 실제로 보면 어떨까? 못 말리는 궁금증
으로 시작된 나의 발걸음은 모임 장소로 가고 있었습니다. 글로 만났던
사이라서 처음 나의 모습을 보고 실망하지 않을까? 라는 생각과 처음 뭐
라고 말하는 것이 좋을까?
이런 생각도 잠시 뿐이었습니다. 막상 친구들을 만나자마자 오랫동안 알
고 지냈던 사이처럼 간단한 인사로 만남을 시작했습니다.
술잔이 오고 가고 또한 밥을 같이 먹으면서 어느 정도의 긴장감도 풀렸습
니다.
1차 모임 자리가 끝나고 2차 자리로 모임은 이어졌습니다. 1차로 끝내고
오려고 했는데 처음이라 끝까지 남아 있고 싶었습니다. 그래서 2차 자리
참석, 3차 자리에 참석하였습니다. 수많은 점들이 모여서 한 가닥이 되었
고, 그 한 가닥이 친구라는 끈으로 엮여서 내 앞에 있었습니다. 친구들과
이야기를 나누면서 친구들의 이야기를 들었습니다. 평상시에 전 말이 많
습니다. 하지만 이번 모임에서는 친구 한명 한명의 소리를 들으려고 했습
니다. 친구들이 어떤 생각을 가지고 있는지 궁금했기 때문입니다. 이야기
를 듣다가 드는 생각은 각자가 가진 이야기는 달랐지만 힘들다는 것이었
습니다. 각자의 고민의 삶을 이겨내기 위한 몸부림을 친구들은 가지고 있
었습니다.
'나만 힘든 게 아니었다'라는 것으로 위로를 받았습니다. 같은 시대의 태
어났고 누군가의 남편, 아내 또한 부양한 가족이 있다는 것, 불혹의 나이
를 넘기고 자신에 대하여 끊임없이 고민하고 있는 친구들이었습니다.
똑같이 고민하고 열심히 살아보려고 노력하는 친구들이었습니다.
"친구들아, 우리 힘내서 열심히 살아 보자꾸나."

행복해지는 마음 노트 103

개학하는 날

긴긴 겨울방학이 끝나고 아이들이 학교로 갔습니다.
골목 안에는 큰 녀석, 작은 녀석 삼삼오오 짝을 이루어서 학교로 바쁜 걸음을 재촉합니다.
세월이 많이 흘렀는데도 개학하는 날은 아이나 어른이나 분주 한것 같습니다. 아침에 학교 늦지 않게 하려고 아들을 깨웠습니다. 녀석 자기만의 시간을 펑펑 쓰다가 코에 코뚜레를 하고 가는 송아지처럼 학교로 끌려갔습니다.
개학하는 아이들 시간에 맞춰 움직이다가 밥도 제대로 먹지 못했습니다.
아이들은 2주 정도 지나면 봄방학을 갖고 새로운 학년으로 올라갑니다.
나도 얼어붙었던 긴 겨울방학에서 내 마음을 꺼내놓고 개학을 즐겨봐야 겠습니다.

다소 분주하면 어떠냐? 즐거운 날인데

행복해지는 마음 노트 104

세월 앞에서

수업을 하다가 한 녀석의 머리 스타일이 예뻐서 칭찬했습니다.
"지명아 너 스타일 멋지다"
그러니까 옆에 있던 녀석이 선생님은 탈모스탈이라고 했습니다. 처음엔
무슨 말인가 했는데 다시 생각해보니
"이 자슥이……"
그러니까 옆에 있는 녀석이 "아니야 염색할 단계야"하며 카운트 펀치를 날
렸습니다. 나쁜 녀석들……
거울을 봅니다. 머리에 하나둘씩 흰머리가 늘어났습니다. 그리고 얼굴에
주름도 많이 생겼습니다. 예전에 없던 배도 생겼습니다.
'세월 앞에는 어쩔 수 없나 보다.'
발모제라도 사서 바르고 염색 좀 해볼까?
"자슥들 니그 들도 나이 먹어봐라!!!"
이전에 선생님들이 너스레를 떨었던 목소리가 들리는 듯합니다.
하지만 전 "마음만은 아직은 아니다. 아직은 아니라고!!!"

나의 달

지인과 이야기하다가 문득 일 년 중 나를 표현하면 몇 월과 닮았다고 할까? 생각이 들어 물었습니다. 먼저 지인에게 "당신은 4월이야"라고 했습니다.

지인은 날 10월이야 불렀습니다.

지인에게는 봄기운이 느껴졌기 때문입니다.

겨울을 갓 지난 3월보다는 4월의 봄을 가졌습니다.

또한 초여름으로 가는 5월의 봄보다는 화려하지는 않습니다.

그는 활짝 핀 꽃송이의 봄을 담고 있지는 않지만

갓 일어난 아이처럼 기지개를 펴는 봄을 가졌습니다.

왜 나를 10월이라고 불렀냐고? 그에게 물었습니다.

나를 보면 풍부한 가을을 담고 있는 것 같다고 했습니다.

난 개인적으로 가을을 좋아합니다.

난 지인의 말대로 10월의 가을을 닮아가고 싶습니다.

11월의 가을은 춥고 9월의 가을은 여름과 가까워서 덥습니다.

난 10월의 가을을 담고 싶습니다.

10월의 가을은 너무 좋은 시기입니다.

이 글을 읽고 있는 친구는 일 년 중 몇 월을 닮았나요?

고용주와 종업원

아이들 수업을 하다가 발견하게 된 영어 단어가 있습니다.
employer 고용주, employee 종업원
끝에 철자 하나만 다를 뿐인데 굉장한 차이가 있는 것처럼 보입니다. 실제로 고용주는 갑의 위치로 종업원은 을의 위치에 있을 수 밖에 없어 보입니다.
하지만 이 단어들은 employee '고용하다'를 담고 있습니다. 일에 있어서 둘 다 고용된 사람들입니다.
한 목적을 위해서 일을 하는 '협력자'입니다.
고용주가 만약 자기 자신 만을 위한 이익을 남기려고 생각한다면 그것은 어리석은 일입니다. 종업원의 도움 없이 어떻게 일을 움직이고 발전시킬 수가 있을까요?
종업원 또한 자기의 이익이 아니라고 대충 일하면 안 됩니다. 왜냐하면 종업원 역시 자신의 노동가치를 통하여 급여를 받기 때문입니다. 개인의 경제적인 삶을 돕는 역할을 하는 고마운 곳이기 때문입니다. 그리고 차츰 경력이 쌓이고 여건이 되면 고용주도 될 수 있기 때문입니다. 그러면 이 둘 사이는 어떤 관계가 되어야 할까요?
고용주는 이끄는 사람이라는 생각이 듭니다. 그리고 종업원은 이끄는 대로 일을 충실히 해나가는 사람이라고 생각이 듭니다. 둘 다 하나의 목적을 성공시키기 위해서 일하는 협력자가 되어야 합니다. 즐겁게 일을 하도록 이끄는 고용주와 성실하게 맡겨진 일을 하는 종업원의 관계가 필요하다는 생각이 듭니다.

부부라는 흙

수많은 흙의 모습으로 살아오다가
어느 날부터 하나의 흙으로 섞이게 됩니다.
이때부터 부부라는 흙이 되지요
어릴 적 가졌던 날카롭고 모난 부분들이 살을 비비면서 깨지고 찢기고
부서집니다. 서로에게 상처가 되어 아프기도 합니다. 이렇게 한두 해 살
다가 섞이지 못하고 상처만을 남기다가 각자가 온 곳으로 돌아가기도 합
니다. 서로를 조금씩 받아들이다가 꽃씨가 하나 떨어져 자식이라는 꽃이
피기 시작합니다. 이때부터는 부부는 서로의 몸을 더욱 비비며 자식이
큰 나무가 되어 열매를 맺도록 흙의 자양분을 줍니다.

태양이 너무 높게 떠올라 온몸의 수분이 마르고
바람이 불어 서로가 밀어낼 때도 찾아옵니다.
광풍이 일고 검은 먹구름과 천둥과 번개가 으르렁 치기도 합니다.
서로에 대한 미안함과 안쓰러움으로 말랐던 땅에
촉촉한 비가 내려와 젖게 합니다.
그렇게 흙은 수많은 봄, 여름, 가을, 겨울을 함께 보냅니다.
처음에 가지고 왔던 날카로운 모서리도 익숙함이 되어 버립니다. 이제는
하나의 흙이 되었기 때문입니다.
서서히 흙의 기운이 다할 때가 찾아옵니다. 먼저 기운이 다한 흙이 먼지
가 되어 하늘로 올라갑니다.
남겨진 흙은 떨어져 버린 흙의 모서리 조각을 만집니다.
그리고 자기의 시간이 다 될 때까지 품에 담아 둡니다.
이전에 아팠던 모서리가 그리움으로 남았습니다.

행복해지는 마음 노트 108
뽀뽀의 힘

지난주 긴 설 명절로 인한 휴가 기간을 가졌습니다. 몇 달 만에 찾아뵙는 부모님과 형제들 그리고 조카들이 반가웠습니다. 맛있는 음식도 있었고 그동안 못했던 이야기를 하느라 시간이 빨리 흘러갔습니다.

아버지와 어머니는 스마트 폰 세계에 빠져 계십니다. 특히 아버지는 나에게 개인 레슨의 시간을 받으시면서 그동안 궁금했던 것들을 물어보셨습니다. 아버지와 시간을 보내면서 난 아버지께 장난을 쳤습니다. 아버지 얼굴에 뽀뽀 습격을 했습니다. 아버지의 반응은 의외였습니다.

"이놈의 새끼가 징그럽다"하실 줄 알았는데 너무 좋아하셨습니다. 그러면서 "야, 따갑다……. 수염 때문에……" 그러면서 웃으셨습니다.

순간 아버지와 난 입장이 바뀌었습니다. 내가 아버지가 된 것 같았습니다. 수십 년 전에 내 얼굴에 뽀뽀하셨던 아버지의 장난이 생각이 났습니다. 이제는 약해지신 아버지 그리고 강해져 있는 아들, 묘한 기분이 들었습니다.

나의 뽀뽀 습격은 부모님 집에서 나올 때도 이어졌습니다. 헤어지기가 아쉬워서, 해 드린 것이 별로 없어서 아버지 얼굴에 먼저 뽀뽀해드리고 어머니 얼굴에 뽀뽀를 해드렸습니다. 그런데 어머니께서 갑자기 "야 아버지 우신다."하시며 웃으셨습니다. 정말 아버지 눈에 눈물이 살짝 맺혀 있었습니다. '누구보다도 강한 분이셨는데……' 아버지께서는 어색해하셨지만 순간 가족 모두 웃음이 터졌습니다.

가족 간의 사랑의 터치가 필요합니다. 표현이 필요하다고 새삼 느꼈습니다. 부모님이 살아 계실 때 한번이라도 뽀뽀를 해드리고 좋은 추억을 만들어야겠습니다.

행복해지는 마음 노트 109
화장실 갇힘 사건

어제 난 황당한 경험을 했습니다. 화장실에 들어가서 세수하고 나오려고 하는데 철문이 열리지 않았습니다. 화장실에 전화기도 가지고 들어가지 않았습니다. 다행히 지인이 와 있던 차에 내가 올라오지 않으니까 화장실로 왔습니다. 지인에게 우선 화장실 열쇠로 열어보라고 했는데 열쇠가 돌아가지 않았습니다. 그렇게 10분 정도를 갇혀있는데 두려움이 찾아왔습니다. 열쇠가게로 지인에게 전화하라고 부탁했습니다. 열쇠 수리하시는 분이 10분정도 지나자 오셨습니다. 자물쇠를 뜯어냈습니다. 그리고 나를 구출해 주었습니다. 화장실에는 겨울이라 난로가 놓여 있었기 때문에 더 답답함을 느꼈습니다. 그나마 전 다행이라고 생각했습니다. 학원생 아이가 갇히지 않고 내가 갇혀서 말입니다. 자유롭게 다니다가 한순간에 자유를 빼앗기고 갇힌 기분이 어떤 것인지 알게 되었습니다.
자유롭게 걸어 다니고 움직일 수 있다는 것이 얼마나 소중하고 고마운지 말입니다.

행복해지는 마음 노트 110
방구쟁이

밤 늦게까지 일을 하고 저녁을 먹는 직업 특성상 내 속은 항상 좋지 않습니다. 되도록이면 먹지 말고 자던지 소화를 시키고 자던지 해야 하는데 겨울철은 더더욱 그런 것이 힘듭니다. 덕분에 자면서 본의 아니게 뱃속에서 부글부글 하며 가스가 찹니다. 그리고 방구가 나온다. 자면서 뿡~ 푸욱~ 이런 식으로 내 몸의 일부를 내보냅니다.

같은 공간에 있는 사람은 나의 향기를 경험하게 됩니다. 그러다가 도저히 안 되면 나를 깨웁니다.

난 어색함과 미안함에 웃고 맙니다. 그리고 화장실에 갑니다. 힘차게 밀어내기 한판을 합니다. 그러면 신기하게도 더 이상 고약한 방구는 나오지 않습니다. 냄새를 통하여 몸 안에 있는 노폐물을 내보낼 때가 되었다고 알려주는 신호인 방구, 이렇게 신기한 몸을 주신 그분께 감사합니다. 속을 비울 수 있다는 것, 그래서 몸을 가볍게 만드는 것, 감사한 일인 것 같습니다.

행복해지는 마음 노트 111
만보 걷기

오전에 아이들 보강을 하고 나서 서울 쪽으로 나갔습니다.
차를 두고 대중 교통수단을 이용해서 용산에 갔습니다.
용산전자상가에는 주말인 탓에 사람들로 붐볐습니다. 알아보는 물건이
없어서 천천히 걸었습니다. 걷다 보니 용산 역에서 종로를 지나 동묘역까
지 걸었습니다. 걸으면서 눈에 보이는 건물들, 나무들, 사람들이 나에게
즐거움을 주었습니다. 날씨가 그렇게 따듯한 것은 아니었지만 천천히 걸
으면서 힘이 났고 기분도 상쾌해졌습니다.
핸드폰을 통해서 오늘 걸은 것을 보니 2만 6천 걸음을 걸었습니다. 보통
하루에 3천 걸음 정도 걷는 것으로 따지면 굉장히 많이 걸은 것입니다.
오늘은 작정하고 걸었습니다. 하루에 만보 걷기를 모처럼 만에 실천했습
니다. 발바닥이 아프고 다리도 퉁퉁 부었지만 충분히 걸었다는 성취감이
느껴지는 하루였습니다.

행복해지는 마음 노트 112
변기 뚫기

학원에 출근해서 화장실에서 볼일을 보고 물을 내리는 순간 변기의 물이 올라오기 시작했습니다. 아 어떤 녀석이 막히게 했나보다 생각이 들었습니다. 그리고 짜증 섞인 한마디 걸리기만 해봐라 했습니다. 막힌데 뚫는 도구를 이용했는데 물이 내려가지 않았습니다. 그래서 퇴근길에 변기용 세제를 한통 사다가 부었습니다. 범인은 짐작이 가는 녀석들 가운데 탐문 수사로 이어졌습니다. 그리고 진범을 찾아냈습니다.

"선생님 사실은요 휴지 조금 밖에 안 버렸어요. 제안에 있는 시커먼 녀석이 나가서 막힌 거예요"

어쨌든 난 오늘 아침에 학원에 출근 하자마자 변기 뚫기 작업에 들어가야만 했습니다. 전날 세제를 부었기 때문에 내려갈 것이라고 믿으면서 변기 물을 내렸습니다. 그런데 내려가지 않고 물이 가득 찼습니다.

내 머리에는 멘붕이 왔습니다. 인터넷에서 변기가 막혔을 때를 찾았습니다. 별 방법이 없었습니다. '뚫어 뻥'이라는 도구를 가져다가 변기에 대고 '제발'이라고 외쳤습니다. 나의 간절함 때문이었을까요, 몇 번의 시도 끝에 '푸욱'하고 물이 빠지는 소리가 들렸습니다. 물이 내려가는 소리가 시원하게 들렸습니다.

난 다른 화장실에 가서 볼일을 보더라도 변기에 휴지 넣지 말자고 생각했습니다. 그리고 공중 화장실에 청소하시는 분들 생각이 났습니다. 귀찮고 하찮은 일이지만 내가 책임져야 하는 일이 있다는 것에 감사했습니다.

행복해지는 마음 노트 113
인생 역전

아이들을 가르치는 업으로 10년이 지나갔습니다. 그 동안 처음 만났던 아이들은 자라서 성인이 되어서 군대에도 갔고 시집을 간 아이도 있습니다. 그런데 세월이 흘러가면서 재미있는 일이 발생했습니다. 바로 내가 가르쳤던 아이가 내 아이의 과외 선생으로 오게 되었습니다. 학생이 5학년일 때 가르쳤던 아이가 이제는 대학생으로 성장한 것입니다. 아들의 선생님으로 만나게 되었습니다. 세월의 흐름이 학생과 교사 입장에서 학부모와 교사로 변하게 하였습니다.

사람은 만나고 헤어지고 다시 만나고 합니다. 이런 만남 속에서 깨닫는 것이 있습니다. 항상 똑같은 위치에 사람이 서있지 않다는 것입니다. 사람을 만나는 과정에서 항상 머리를 숙일 수 있는 겸손함이 필요하다고 생각이 듭니다. 머리를 숙이는 것이 부끄러운 것이 아니라 자만으로 가득하다가 강자를 만났을 때 당하는 부끄러움입니다.

무한도전 어린이집 가다

무한도전 팀이 어린이집을 갔습니다. 출연진들이 아이들을 돌보며 시간을 보내는 장면이 나왔습니다. 어린이집 교사들이 아이들과 보내는 일상을 보여 졌습니다. 아이들과 함께 시간을 보내는 출연진의 모습을 보면서 왜 어린이집에 가게 되었을까? 생각하게 되었습니다. 요즘 최근에 발생되고 있는 어린이집 상태를 연결해서 접근하려는 것으로 보였습니다. 감시카메라 속에 녹화되어지는 교사와 아이들의 모습이 고스란히 담고 있었습니다. 한 명의 어린이 전문가와 함께 멤버들이 한 행동을 같이 생각하게 하였습니다. 교사들의 행동이 의도하지 않은 모습으로 보일까봐 걱정이 되었습니다. 아이들을 처음 접해보는 출연자들이 땀을 흘리면서 육아에 대한 경험을 하게끔 해서 부모들의 교육에 대한 이해를 하게끔 했습니다. 그리고 끝부분에서 제일 좋은 일은 서툴지만 아이들을 사랑하고 애쓰는 모습이 가장 중요한 일이 아닐까라고 말하는 교육 전문가의 모습이 담겨졌습니다. 요즘 어린이집 사태로 인한 마음고생을 하고 있는 좋은 선생님들에게 위로의 말씀을 전하고 싶다는 유재석씨가 말을 했습니다.

교육을 한다는 것은 정말 아이를 사랑하는 마음이 없다면 힘든 일이라고 생각합니다. 수많은 선생님들 파이팅입니다.

행복해지는 마음 노트 115

갑과 을

갑과 을의 관계는 사회생활에서만 있는 것은 아닌 것 같습니다. 가족 간에도 간혹 보입니다. 아이들 같은 경우 부모에게 용돈이 필요한 경우 부모가 갑 아이가 을이 되어집니다. 부부 사이에도 간혹 발생합니다. 경우에 따라 가족 구성원간에 마찰과 갈등이 발생하기도 합니다. 가족 간의 갑과 을이 사회생활과 다른 것이 있습니다. 그것은 사랑을 바탕으로 하고 있다는 것입니다. 부모는 항상 갑처럼 아이에게 보이지만 부모의 마음은 항상 을 편에 서있기 때문입니다. 아이에게 하나라도 더 못해줬다는 미안함이 앞섭니다. 부부 사이에도 서로 상처주고 힘들어하면서도 지켜주지 못함에 대한 미안함과 안쓰러움이 있습니다. 아이 또한 부모의 기대에 부흥하지 못하는 자신의 한계로 인한 안타까움이 있습니다. 가족 안에 갑과 을이 존재하지만 사회생활처럼 괴롭지 않고 즐거운 것은 그 안에 "사랑"이 있기 때문입니다.

행복해지는 마음 노트 116

쌍화차

요즘에 기회가 있을 때 마다 서울에 나갑니다. 지하철 동묘 역에서 내려서 몇 시간 동안 돌아다니면 다리는 아프지만 기분은 상쾌해집니다. 사람들의 살아가는 모습을 보기 때문입니다. 오늘은 똑같은 코스지만 종로 뒷골목 쪽으로 돌아 다녔습니다. 숨어있는 뒷골목에는 또 다른 시장이 숨어 있었습니다. 골목은 오래된 자취를 숨기고 있었습니다. 생선 굽는 냄새가 코를 자극했습니다. 곱창 집에서 굽는 곱창 냄새도 좋았습니다. 그런데 저의 발걸음을 잡은 냄새가 하나 있었습니다. 그것은 쌍화차 향이었습니다. 한의원에서 홍보 차원으로 쌍화차를 저렴한 가격으로 팔았습니다. 한의원에서 들어가 쌍화차를 한 잔 마셨습니다. 쌍화차 한 잔에 피곤한 다리에 힘이 생겼습니다. 커피도 좋지만 때로는 전통차 한 잔이 기분을 좋게 만드는 것 같습니다.

쌍화차가 더해진 오래된 골목 풍경이 더 좋아졌습니다.

행복해지는 마음 노트 117

아이를 돌려보내며

형제 회원이 있었습니다. 아이들 부모의 경제적인 문제로 인해서 몇 달 전부터 교육비가 밀렸습니다. 어쩔 수 없어서 아이들의 학원 교육을 중단할 수밖에 없었습니다. 아이들 둘 다 정말 많이 이뻐했습니다. 큰 아이는 아이대로 작은 아이는 아이대로 정말 아꼈기 때문에 마음이 힘들었습니다.

그런데 아이들의 부모는 아이와는 다르게 정말 나를 힘들게 하였습니다. 계속적으로 약속을 어기고 교육비를 납입하지 않았습니다. 아이와의 교육문제도 부모가 더 이상 아이들을 보내지 않겠다고 해서 그렇게 처리하기로 했습니다.

그런데 그 작은 아이가 학원에 찾아왔습니다. 순간 나는 마음속에 갈등했습니다. 아이에게는 미안했지만 돌려보내기로 마음먹었습니다. 아이에게 아이들의 책을 챙겨서 돌려보냈습니다.

"아빠가 당분간 관둔다고 하셨어."

아이는 고개를 끄덕였습니다. 힘없이 돌아가는 아이의 모습을 보면서 미안했습니다. 하지만 약속을 지키지 않는 아이 부모의 무책임에 화가 났습니다. 아이는 부모를 닮는다는 말이 있습니다. 아이들이 부모의 무책임함을 닮지 않기를 바랄 뿐입니다.

아들 옷

지인이 생일 선물을 직접 만나서 주지 못하고 대신 갖고 싶은 물건을 사서 쓰라고 현금을 보내왔습니다. 생각하지 못한 선물에 신이 나서 쇼핑을 나갔습니다. 돌아다니면서 이것저것 살펴보았습니다. 그런데 이상하게 내 것은 눈에 들어오지 않았습니다.

아들 생각이 났기 때문입니다. 내 눈과 손은 사춘기 아들의 봄맞이 옷에 가 있었습니다. 사진을 찍어서 아들에게 보냈습니다. 몇 번의 시행착오 끝에 옷을 사왔습니다. 아내는 무슨 돈이 있어서 사왔냐라고 해서 지인이 보내주었다 했습니다. 그리고 아들한테는 말하지 말라고 했습니다. 아들에게 필요한 봄 잠바와 아내에게 필요한 바지 하나를 사왔습니다. 정작 내 것은 없었습니다. 그런데 이상했습니다. 내 것은 없는데 그냥 좋았습니다. 아들이 옷 때문에 웃는 모습을 보니 좋았습니다.

지인에게는 말하지 않았습니다. 혹시 지인이 이 글을 보면 "뭐냐, 자기한테 필요한 것 사라고 했지? 아들 사주라고 했냐?" 할 수 있습니다. 하지만 난 물건 대신 아들이 웃는 모습을 보아서 큰 선물을 받은 것 같습니다. 선물비를 보내준 지인에게 다시 한 번 감사를 표합니다.

행복해지는 마음 노트 119

마음 로스팅

아는 지인에게 요사이 커피를 볶는 로스팅 과정을 배우고 있습니다. 생두를 사다가 볶으면 원두가 되는데 그 과정이 로스팅 과정입니다. 생두에서 벌레가 먹거나 이상이 있는 것을 골라내고 불에 볶습니다. 향긋한 커피 한 잔 얻기 위해 많은 노력이 필요하다는 것을 알게 되었습니다. 이것처럼 우리 마음도 이런 과정이 필요합니다.

친구야
마음속 주머니에 있는
커피콩을 끄집어내고
정성스럽게 하나 둘
불필요함을 골라내자

상한 마음
벌레 먹은 마음
뭉겨진 마음
같은 마음이었기에
골라내는 일은 항상 곤란스럽지

생두를 불 위에 볶자
마음에 담아 두었던 눈물이 날아갈 거야
불의 시간이 지날수록
커피콩 색은 짙어져가고
향긋한 냄새가 날거야

때로는 불의 세기도

적당함이 필요해
너무 힘들다고 불을 강하게 하면 안 돼
불세기를 조절하고 나면
기다림의 시간이 필요하단다

이제는 다 된 것 같아
자, 마음을 털어내자
시원한 바람에 원두를 식히자
곱게 갈아놓은 원두에 물을 살짝 붓고
향긋한 커피 한잔이 된 마음을 즐기자

행복해지는 마음 노트 120
약속

학원을 하다 보니 다양한 학부모와 학생들을 만나게 됩니다. 개인마다 독특한 품성과 성격을 지니고 있다는 것을 알게 됩니다. 워낙 다양한 성격과 품성을 만나다 보니 이 사람이 좋다 싫다고 말하기는 어렵습니다. 그렇지만 꼭 피하고 싶은 사람이 있습니다. 약속을 어기는 사람들입니다. 특히 시간 약속을 해놓고 지키지 않는 사람들입니다. 얼마 전에 형제 회원을 둔 엄마를 소개 받았습니다. 이 엄마는 오자마자 교육비를 깎아 달라고 요구하였습니다. 그래서 형제 회원이 오는 것이라 생각하고 교육비를 조정했습니다. 그런데 아이들이 오기로 하기로 한 날 오지 않았습니다. 며칠이 지난 후 아이들을 보내겠다고 문자가 왔습니다. 아이들이 오기를 기다렸습니다. 그런데 아이들은 오지 않았습니다. 약속을 어긴 것입니다. 전화도 하고 문자도 보내봤지만 아무런 대답이 없었습니다. 난 덕분에 몸이 안 좋아서 가려던 병원에 갈 시간을 놓쳐 버렸습니다. 상대방과의 약속을 자기중심적인 생각으로 아무렇게나 어기는 사람은 피하고 싶습니다. 나 또한 시간 약속을 잘 지켜야 하겠다고 마음먹었습니다.

나사를 조이다

요사이 군인 관련한 텔레비전 오락 프로그램을 보다가 옛날에 군대 용어가 생각이 났습니다.

"조이고 기름치자" 나오는 상관이 없던 보직 이야기입니다. 그런데 시간이 지날수록 나사를 조이는 일이 얼마나 중요한지 생각하게 되었습니다. 나사를 조이는 일, 하찮고 귀찮은 일입니다. 그런데 작은 나사 하나로 인해 기계가 고장이 나고 또한 그로 인한 인명사고가 난다고 가정해 보면 나사를 조이는 일은 귀찮고 하찮은 일이 아니라 무척 중요하고 꼭 해야 하는 일임을 깨닫게 됩니다.

일 년 전 이맘 때에 우리나라는 아프고 슬픈 일을 겪었습니다. 기본중의 기본, 안전을 체크해야 하는 일을 등한시 함으로 꽃과 같은 자녀들을 떠나보내야 했습니다.

나사를 조이는 일과 같은 일을 난 아이들에게 수없이 반복해서 말을 합니다. 아이들에게 지식 하나 가르치는 것도 중요하지만 세상을 사는 기본적인 자세를 알려주고 싶어서 입니다.

행복해지는 마음 노트 122
작은 배려

아이들 영어책에서 본 내용입니다.
한 할머니가 버스 정거장에서 내려서 한 소년과 우연히 대화를 합니다.
버스 안에서 할머니는 다리가 불편한 한 젊은 남자에게 자리를 양보했다
고 했습니다. 버스를 탄 그에게 아무도 자리를 양보하지 않아서 나이 많
은 자기가 양보하고 싶어서 또한 젊은 남자가 부담스러워 할까봐 벨을 누
르고 버스에서 내렸다는 이야기입니다.
누구를 생각하고 행동한다는 것은 정말 어려운 일입니다. 자기의 손해를
감수하면서 까지 배려한다는 것은 더욱 어려운 일입니다. 진정한 배려는
상대방의 마음을 어렵게 만들지 않는 것이라는 생각이 들었습니다.

행복해지는 마음 노트 123
노란 중고 자전거

다른 분 카페에서 노란 자전거 사진을 보았습니다. 노란 자전거를 보면서 중학교 때 한동안 탔던 노란 자전거가 생각이 났습니다. 친구 녀석이 어느 날 나에게 새로 산 자전거를 보여줬습니다. 그 자전거는 기아 변속기와 엔진이 달려 있었습니다. 자전거가 너무 가지고 싶었습니다. 그런데 당시 우리 집 형편으로는 살만한 여건이 안됐습니다. 그래서 생각한 것이 책값 부풀리기였습니다. 여러 번의 사기행각 끝에 중고 자전거 하나 샀습니다. 기아 변속기도 달려 있지 않은 녹이 잔뜩 들어있는 자전거였습니다. 난 페인트 가게에 가서 노란색 페인트를 사다가 칠을 했습니다. 처음 칠해보는 페인트에 노란색이 묻었습니다. 하지만 나만의 자전거가 생겼다는 생각에 너무 좋았습니다. 난 학교가 끝나면 자전거를 타고 여기저기 다녔습니다.

지금 생각하면 무식할 정도로 다녔습니다. 차가 다니는 도로를 질주할 정도 있었습니다. 자전거는 신기하게도 나의 몸을 낯선 곳이지만 재미가 있는 곳으로 데려다주었습니다. 물론 거리가 멀어질수록 자전거 여행은 힘이 들었지만……

한번은 친구와 함께 비를 맞으면서 인천에 갔습니다.

온몸이 비에 젖어서 비에 젖은 생쥐처럼 보였지만 비는 시원하게 느껴질 뿐이었습니다. 노란 자전거는 그 후에도 나와 친구를 여러 곳에 데려다주었습니다.

어느 날 체인이 끊겨서 더 이상 다닐 수가 없게 될 때까지……

노란 중고 자전거를 타고 다녔던 그 소년과 친구의 얼굴이 그립습니다.

행복해지는 마음 노트 124

하물며 쟤네들도

점심시간에 농기구 판매상에 가서 흙을 사 왔습니다. 흙을 가지고 화분 갈이를 하면서 이런 생각을 했습니다.

똑같이 심고 가꿨는데 왜 크기가 다를까?

흙도 똑같고 물도 같은 시간에 주었고 햇빛도 같게 해주었는데……

제각기 다른 크기로 성장하였습니다.

그런데 문득 이런 생각이 들었습니다.

'하물며 쟤네들도 그러는데……'

가르치는 아이들을 생각했습니다. 똑같은 시간에 같은 방법으로 같은 선생님이 가르치는데 어떤 아이들은 이해하고 넘어가지만 어떤 아이들은 이해하지 못하고 있는 것이 생각 났습니다. 많은 노력을 기울였는데도 불구하고 바라는 만큼 따라주지 않아서 힘이 들었습니다. 그런데 오늘 화초들을 보면서 식물도 제각기 개성으로 자라는데 하물며 아이들도 한 아이마다 특성을 어떻게 하겠냐? 라는 것입니다.

조금 기다려 보자. 성장하는 속도가 늦지만 물을 주고 정성을 기울여 돌봤을 때 나중에 꽃을 피우는 것을 화초를 기르면서 수없이 보지 않았는가? 하물며 화초와 어떻게 사람과 비교 할 수 있을까?

더디지만 물을 주고 돌보는 것처럼 내게 맡겨진 아이들을 사랑해야 하겠습니다.

"꽃이 필 거야. 예쁜 꽃으로 말이야."

행복해지는 마음 노트 125
꽃이 필 거야

보강이 있어서 오전에 보강을 하고 점심을 먹고 왔습니다. 문 앞에 아이의 것으로 보이는 가방이 놓여 있었습니다. 옥상이 열려져 있어서 올라갔습니다. 아이가 밖을 보고 있었습니다.

옥상에는 내가 키우고 있는 화분과 쌈 종류가 있습니다.

아이에게 갓씨를 뿌려서 싹이 나고 있는 화분을 가리키며 이렇게 말해주었습니다.

"화분을 봐라. 여기 작은 싹이 올라왔지? 그런데 여기는 잘 보이지 않지만 흙 사이로 이렇게 있고……"

아침마다 물을 주는 수고를 한다고 말했습니다. 그러면서 공부도 이와 같다고 해주었습니다.

지금은 보이지 않지만 싹이 날 것이라고 말했습니다. 옆에 있는 꽃 잔디 이야기도 해주었습니다. 얼마 전에 꽃이 피지 않아서 버리려고 했는데 기다림 끝에 예쁘게 분홍 꽃이 활짝 피었다고 말했습니다.

"지금 하는 공부가 힘들어서 포기하지 말고 참고 견디면 예쁜 꽃이 피게 될 거야……"

네가 원하는 예쁜 꽃이 필 것이라고 말해 주었습니다.

행복해지는 마음 노트 126

친구의 카네이션

친구가 세상을 떠나간 지 한참이 되어갑니다. 오늘 같은 날 친구가 특히 보고 싶어집니다. 오늘은 어버이날입니다. 낮에 부모님께 전화를 드렸습니다. 어머니와의 짧은 통화를 했지만 어머니는 기뻐하셨습니다. 어머니와의 통화 뒤에 친구 어머니께 전화를 드려야 한다고 생각하다가 잊어버렸습니다. 그리고 밤 11시가 다 되어서 전화를 드렸습니다.

"어머니 저 태균이에요"

"그래 태균아 아까 누나들한테 너 보고 싶어서 전화번호를 물었는데······ 전화 번호를 알려줘라"

전화번호를 알려드리고 잘 지내시는지 여쭤 보았습니다. 사시던 연희동을 떠나 일산쪽으로 이사하셨다고 했습니다. 다행히 전화번호는 그대로 가지고 계셔서 연락이 닿은 것이었습니다. 친구 어머니하고 전화 대화는 길지 못합니다.

전화 너머의 어머니 모습에 또한 전화 너머의 떨고 있는 아들 친구의 모습이 보이기 때문입니다.

밤늦게라도 친구 어머니께 전화 드리기를 잘했다고 생각이 들었습니다.

친구 어머니는 아마 아들의 전화를 기다리셨나 봅니다.

친구의 카네이션은 전화로 내가 대신해서 그렇게 달아드렸습니다.

행복해지는 마음 노트 127

물 분무기

요사이 화분에 심은 채소와 꽃을 가꾸는 재미에 빠져있습니다. 모종으로 심었던 쌈 종류는 제법 많이 자라서 따서 먹는 즐거움을 줍니다. 씨앗으로 뿌려 놓은 꽃들은 이제 막 싹이 나면서 두껍게 덮어 놓았던 이불 같은 흙을 뚫고 나왔습니다.

식물들을 기르면서 날씨에 대해서 더 관심을 갖게 되었습니다. 며칠이라도 학원에 가지 않으면 신경이 쓰입니다. 비가 오는지 아니면 오지 않는지 기상 예보에 신경을 쓰게 되었습니다. 출근하면서 퇴근하기까지 돌봅니다. 식물을 키우면서 물주기가 얼마나 중요한지 깨닫기 시작했습니다.

주전자에 대충 떠서 물을 주었는데 얼마 전 물 분무기로 물을 주었습니다. 주전자로 물을 주니 깊게 파여서 싹이 나지 않거나 심어놓은 모종 잎에 흙이 묻는 일이 자주 생겨 사 온 것입니다. 어제 저녁에 물을 줄때 바람이 불었습니다. 마치 비가 쏟아지는 것처럼 보였습니다.

'사람이 아무리 노력해도 하늘에서 내리는 비와는 다른 거구나…… 관심을 가지고 사람과의 만남을 갖지만 잘 조절이 안돼서 깊게 파이는 구나…… 때로는 하늘에서 내리는 비처럼 아주 작게 내려야 내는 거구나.' 내 마음에도 물 분무기를 좀 바꿔야 하겠습니다.

행복해지는 마음 노트 128
정직

점심에 지인과 함께 식사를 하기로 했습니다.

그런데 가고자 했던 음식점이 없어졌습니다. 그래서 가까운 곳에 있는 음식점에 들어갔습니다.

쌈밥 7000원이라고 쌈 그림이 그려져 있는 현수막이 걸려 있었습니다.

그런데 막상 들어가서 나온 쌈은 상추 한 가지였습니다. 가격도 8000원이었습니다.

가게 안에만 쌈 8000원이라고 살며시 고쳐 놓았던 것입니다.

기분이 상했습니다. 단순하게 돈 문제가 아니었습니다.

쌈이라고 하면 보통 몇 개의 채소가 담겨져 나옵니다. 난 정당한 가격을 지불하고 거기에 따르는 서비스를 받고 싶은 것입니다. 그래서 주인에게 따졌습니다.

밖에 있는 광고의 문제성을 지적했습니다. 그런데도 주인은 들은 척 하지 않았습니다. 가게에서 나오면서 지인과 말했습니다. 다시는 이집에 밥 먹으러 오지 말자고 했습니다. 어떤 물건을 팔던지 정직이라는 것이 있었으면 좋겠습니다. 당장에 이익에만 관심을 두지 말고 정직하게 장사해야 한다고 생각합니다. 그래야 오래 갑니다.

행복해지는 마음 노트 129

마음 솎아주기

채소를 키우다 보니 새롭게 느껴지는 것이 많이 있습니다. 씨앗을 뿌리고 약간의 흙을 덮어주는 일부터 시작해서 새롭게 배우는 것이 너무 많습니다.

흙을 두껍게 덮어주다 보니 싹이 나지 않았습니다. 흙을 덮고 물을 뿌리는 일도 처음에는 주전자에 물을 그냥 부었습니다. 그러다가 물분무기에 넣어서 물을 주기 시작했습니다. 씨앗을 조금씩 흩어지게 뿌려야 하는데 혹시나 하는 마음에 같은 자리에 씨앗이 너무 많이 떨어져 한 번에 자라는 일을 경험하였습니다.

씨앗이 떨어져 싹이 나는 것이 너무 신기했습니다. 정말 나야 하는데…… 하면서 뿌린 씨앗들에서 파란 싹이 올라오는 것은 경이롭기까지 하였습니다.

그래도 아까운 마음에 어찌 할 바를 몰라 처음엔 그냥 나두었습니다. 그런데 아는 지인에게 "솎아져야해. 그래야 잘 자라" 라는 말을 들었습니다. 조심조심 하면서 떼어 내었습니다. 그러자 얼마 지나지 않아 자라지 않던 싹이 크기 시작했습니다.

또 얼마의 시간이 지나자 솎아주는 일을 하게 되었습니다. 어떻게 보면 너무 당연하고 단순한 일이지만 마음에도 이런 솎아주는 것이 필요하다고 느꼈습니다.

여러 가지 일을 한 번에 같이 하려다가 지치는 것을 경험합니다. 한 가지만 놓으면 될 일인데 말입니다.

행복해지는 마음 노트 130
파도타기

아이와 수업을 하다가 파도타기에 관한 이야기를 하게 되었습니다. 파도타기를 하는 것을 누구나 멋진 일이라고 말합니다. 그런데 파도타기를 하기 위해서 꼭 필요한 것이 하나 있습니다. 그것은 수영을 하는 일입니다. 수영을 하지 못한다면 물에 빠져 죽기 때문입니다. 파도를 타는 꿈은 누구나 가질 수가 있습니다. 하지만 파도를 타기 위한 가장 기초적인 일인 수영을 배우려고 생각하지는 않습니다.

아이와의 대화 속에서 내가 이루려고 했던 파도타기가 무엇인지를 생각해봅니다. 가장 기초적인 준비를 하고 있는지 내 자신에게 다시 묻습니다.

파도를 타는 일보다 더욱 중요한 일, 그것은 기초를 튼튼히 하는 일인 것 같습니다.

행복해지는 마음 노트 131
토마토 나무

고등부 아이 세 명 중 두 명이 결석을 했습니다. 한 녀석은 몸이 아프다고 한 녀석은 기분이 나쁘다고 핑계를 대고 안 왔습니다. 그래서 한 아이와 함께 공부를 하지 않고 이야기 시간을 가졌습니다. 물고기 가족화와 나무그림을 그리게 하고 아이와 이야기를 깊게 나누었습니다.

뿌리가 없고 줄기도 단절되어 있고 나무 중간 중간에 상처도 많이 있는 그림이었습니다. 아이는 누구도 믿지 않는다고 했습니다. 가족과의 관계도 그렇다고 했습니다. 아이와 이야기 하다가 옥상에 있는 토마토를 심은 것이 생각이 났습니다. 같은 모종 가게에서 사다가 심은 토마토인데 화분에 따라 토마토의 크기와 모종을 옮겨 심은 기간에 따라 나무의 크기가 차이가 있었습니다. 어제 바람이 심하게 불어서 제법 줄기도 많고 꽃도 피고 열매도 달렸던 토마토가 가지도 부러져 있었습니다. 바로 옆에 토마토는 작은 화분에 나중에 심어서 그런지 줄기도 많지 않았습니다. 그런데 큰 토마토 나무나 작은 토마토 나무나 작은 열매가 달려 있었습니다.

난 아이에게 이렇게 말해주었습니다.

"자 봐봐 이쪽이 크고 화려하지? 하지만 달린 열매를 보렴. 이쪽은 작지만 그 나름대로의 열매를 달고 있잖니? 이 큰 나무는 줄기가 너무 무성해서 어제 바람이 불어서 줄기가 많이 잘려나갔단다. 둘 다 크기는 다르지만 열매를 달고 있어. 그런데 말야. 이 토마토들은 뿌리가 내려져 있어. 큰 화분이든 작은 화분이든 간에……."

그리고 큰 화분에 심어져 있는 토마토를 가리키면서 말을 했습니다.

"이 작은 화분에 있는 토마토와 큰 화분에 심어져 있는 토마토는 같은 날 모종을 옮겨 심었어. 그런데 화분의 크기가 다르니깐 성장에 차이가 있는 거야. 난 네가 작은 나무든 큰 나무든 간에 뿌리만 내리고 관계를 단절시키지 않으면 열매를 맺을 수 있다고 생각이 들어."

그리고 아이를 힘내라고 하면서 안아 주었습니다.

행복해지는 마음 노트 132
생각 정리

어제 아침에 몇 달 동안 키워왔던 쌈 채소를 뽑았습니다.
꽃대가 올라와서 더 이상 쌈을 먹을 수가 없어서였습니다.
그리고 새로 상추 모종을 심었습니다. 야채를 키우면서 농부들의 마음을
이해할 수 있게 되었습니다. 타들어가는 농심이라는 말을 조금 이해할
수 있게 되었습니다. 아침마다 물을 주면서 비가 오지 않아 갈라지는 땅
을 보며 타들어가는 식물을 바라보는 농부의 눈도 가지게 되었습니다. 조
금이라도 물주는 시기를 놓치면 금방이라도 죽은 것처럼 시들어 버리는
식물을 보고 지금 비가 오지 않아서 얼마나 마음이 힘들까? 라는 생각을
하게 되었습니다. 생각하지 못한 적들도 많았습니다. 어디서 풀씨가 날아
와서 정착했는지 모르는 잡풀들이 내가 심었던 야채와 꽃의 영역을 침범
하는 것을 보고 풀을 끊임없이 뽑아야 했습니다. 무농약으로 키우다보니
벌레들의 공격도 만만치가 않았습니다. 야채 입을 보면 벌레가 맛나게 먹
은 흔적이 남았습니다. 참 농사는 부지런 하지 않으면 되지 않는 것 같았
습니다.
야채와 꽃을 키우면서 가장 큰 깨달음은 시기가 있다는 것이었습니다. 알
면 알수록 신기한 것은 자연의 때는 농부의 노력을 뛰어넘습니다. 농부가
아무리 서둘러도 때가 될 때에만 꽃이 피고 열매가 맺힙니다. 급하게 서
둘러서 되지가 않습니다. 지긋하게 때를 분별해서 식물을 키우는 것 같
습니다. 나 같은 초보는 때를 기다리지 못해서 항상 조급하지만 말입니
다.
가게를 하는 친구에게 내가 키운 꽃을 선물로 가져갑니다. 친구도 조급해
하지 말고 기다림을 배울 수 있었으면 합니다.

행복해지는 마음 노트 145

행복해지는 마음 노트 133

멋진 작품

새벽에 자다가 깨서 이 글을 적었습니다.

우리 마음은 용광로처럼 뜨겁습니다. 이 생각 저 생각 여러 가지 생각들이 녹아져 있습니다. 그런데 용광로에 녹은 쇳물은 사용하는 마음에 따라 다르게 사용됩니다.

착한 마음을 가진 사람이 쇳물을 다루면 멋진 연장이나 작품이 되지만 착한 마음을 가지지 못한 사람이 쇳물을 다루면 흉기가 만들어 집니다.

착하고 좋은 마음으로 멋진 작품을 만들어 보는 것은 어떨까요?

거미줄

화분에 물을 주다가 거미줄에 걸렸습니다.

내가 만약에 거미보다 작은 존재였거나 아니면 거미줄을 끊고 나올 힘이 없었다면 거미에게 내 몸의 진액을 쪽쪽 빨렸을 것입니다.

가끔 영화를 보다가 괴물 거미 등장에 사람이 도망가는 모습이 기억 납니다. 괴물 거미 등장에 잠시 놀라지만 내가 거미보다 힘이 있는 존재이기에 마음 편하게 봅니다. 거미줄은 햇빛에 비춰 보기 전에는 정말 보이지 않습니다. 그런데 놀라운 것은 그 잘 보이지 않는 거미줄이 피부에 닿으면 금방 알아차리는 것입니다. 섬세하게 짠 거미줄보다 더 섬세하게 피부는 알아차리는 것입니다. 그래서 그 섬세함을 주신 신께 놀라움과 찬사를 하게 됩니다.

행복해지는 마음 노트 135
허세

모처럼 시험이 끝나고 아이들에게 영화를 보여주었습니다. 아이들은 무서운 영화를 보기를 원했습니다. 전 코미디 영화가 보고 싶었는데 어쩔수 없이 공포 영화를 보여주었습니다. 공포 장르를 별로 안 좋아 해서 뒤쪽에 앉아있었습니다. 그런데 아이들을 보고 웃게 되었습니다. 무섭다고 화면을 보지 못하고 있었습니다.

아이들의 허세였습니다. 무서우면서 무섭지 않다고 합니다. 아이들의 모습을 보면서 어른들의 허세도 별반 다를 것이 없다는 생각이 들었습니다. 공포는 아이 뿐만 아니라 나이를 먹은 노인까지도 마찬가지이기 때문입니다. 그냥 무서운 것을 무섭다고 표현하면 되는데 난 절대로 무섭지 않다고 하면서 숨는 모습이 웃기기까지 했습니다. 전 허세보다는 솔직한 모습이 더 정감이 갑니다.

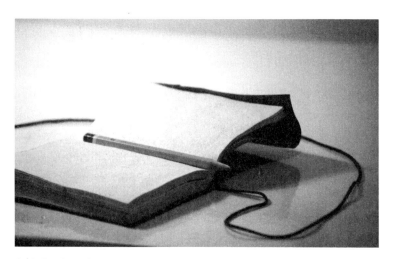

행복해지는 마음 노트 136
한숨

긴장된 일을 만나거나 숨이 찰 때, 일이 잘 안 풀릴 때 한숨을 쉽니다. 그런데 주변 사람들은 한숨을 쉬지 말라고 합니다. 듣기 싫다고 말합니다. 난 내가 숨 쉬는 건데 내 맘대로 못하냐고 합니다.

보통 사람들이 한숨을 쉬지 말라는 것은 걱정하지 말라는 의미가 담겨져 있습니다. 그런데 내가 한숨을 쉬는 이유는 걱정 때문만은 아닙니다. 난 종 잡을 수 없는 내 마음을 잡기 위해 한숨을 쉽니다. 단순하게 걱정만 해서는 일이 처리되지 않는 것을 알기 때문입니다. 하기 싫어도 해야 하는 책임이 있기에 하는 것입니다. 한숨을 쉬면서 에너지를 얻습니다. 속에 담아 놓은 일을 밖으로 뱉습니다. 긍정적인 에너지를 얻고자 난 한숨을 쉽니다. 한숨을 여러 번 쉬고 나면 마음이 가라앉습니다. 내가 나아갈 방향을 찾는 시간을 얻기 때문에 난 한숨을 쉽니다. 지금 일이 힘들거나 일이 안 풀려서 해결방법이 보이지 않을 때 한숨 크게 쉬고 살아보자고 생각합니다.

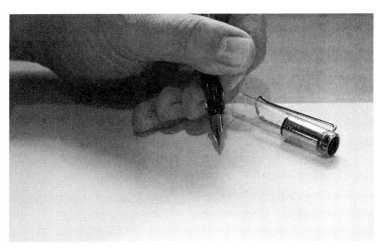

행복해지는 마음 노트 137

뭐든 잘할 수 있을 거예요

모 방송에서 종이접기 김영만 씨의 말이 화제가 되고 있습니다.
어른이 되어서 만난 그의 종이접기는 어릴 적 향수를 불러 일으켰습니다. 그리고 종이 접기를 통해서 감성을 부드럽게 만들었습니다.
종이 접기가 잘 안 된다는 친구의 말에 "이제 어른이 되었으니 뭐든 잘할 수 있을 거예요" 위로의 말을 그는 했습니다. 정말 어른이 되면 당연히 잘 하게 된다고 믿었습니다. 어릴 적 꿈은 빨리 어른이 되는 것이었습니다. 내가 가르치는 아이들 중에도 빨리 어른이 되기를 바라는 아이도 제법 있습니다. 하지만 진짜 어른이 되어도 잘 못하는 것이 있습니다. 한 두 가지 못하는 것이 아니라 거의 다 못 하는 것 투성이입니다. 그중에서 가장 안 되는 것이 하나 있습니다. 그것은 사랑을 표현하는 것입니다. 어른이 되어서도 사랑을 표현하는데 있어서 인색하거나 서투른 것을 수없이 경험합니다. 사랑이 종이접기처럼 뚝딱하고 접어지는 것은 아니기 때문입니다. 종이 접기도 수많은 시행착오 끝에 예쁜 모양이 얻어지는 것처럼 사랑도 그런 시행착오를 요구하는지 모릅니다.
"진짜 어른이 되었으니 뭐든 잘할 수 있어요"
이 말처럼 되었으면 좋겠습니다.

행복해지는 마음 노트 138
수평의 문

누구나 갖고 있는 수평의 문이 하나씩 있습니다.
이것을 여는 방법은 수평이 되도록 조건을 맞추는 것입니다.
조금이라도 수평이 되지 않으면 문이 절대 열리지가 않습니다. 수평의 열쇠는 무게를 맞추는 것입니다. 무게가 덜 나가면 더 큰 마음의 추를 가져야 합니다. 좀 더 열려있는 마음, 넉넉한 마음을 가져야 합니다. 무게가 더 나가면 덜어내기를 해야 합니다.
마음을 덜어내는 것은 내려놓음입니다. 이것도 저것도 내려놓아야 합니다. 이게 필요하고 저게 필요한 것이 인생사이기 때문에 잘 되지 않습니다. 수평의 문은 정확한 무게가 주어졌을 때 열립니다.

행복해지는 마음 노트 139

비료주기

가을배추 모종을 심은 지 얼마 되지 않았지만 제법 많이 자랐습니다. 모종을 심기 전에 해야할 일이 있었습니다. 그것은 흙을 갈아엎는 일이었습니다. 봄부터 식탁을 풍성하게 해준 쌈 채소를 뽑아 버리고 그 자리에 다시 심는 일이었습니다.

땅을 갈면서 비료를 함께 주고 한쪽은 모종을 심었고 다른 한쪽은 비료가 떨어져 주지 않고 모종을 심었습니다. 나중에 줘야지 생각만 하고 주지 않았습니다.

그런데 일주일 지나자 확연한 차이가 나기 시작했습니다. 비료를 준 모종은 잎이 씩씩한 군인처럼 올라왔지만 비료를 주지 않은 쪽은 사기가 빠진 군인처럼 잎이 자라지 않을 뿐더러 노랗게 잎이 변색되었습니다.

아, 맞다. 비료

비료를 얼른 사다가 뿌려 주었습니다. 하루 이틀이 지나자 잎 색깔이 돌아왔습니다. 그리고 잎도 풍성하게 자라기 시작했습니다. 갈아엎는 일은 누구나 한 번은 할 수가 있습니다. 마음을 새롭게 하고 갈아엎을 수는 있습니다. 그렇지만 양분을 다른 곳에 이미 많이 사용한 상태이기 때문에 새 일을 시작하는 데에는 꼭 새로운 양분이 필요합니다.

행복해지는 마음 노트 140

나무이야기

나무들은 짐승들은 잡으면 요란한 소리를 내는 사자들이 항상 불만스러웠습니다. 그래서 나무들은 바람이 불고 천둥이 치는 날 요란한 소리를 내어 마치 두려운 존재가 나타난 것처럼 일을 꾸미어 사자들을 쫓아내었습니다. 나무들은 그들이 꿈꿔왔던 한동안 자유로운 시간을 가지게 되었습니다. 하지만 나무들의 이런 평화는 금방 사라져 버렸습니다. 사자들이 사라진 숲에 사람들이 등장했기 때문입니다. 단순하게 등장한 것이 아니라 날카로운 도끼로 나무들을 자르기 시작한 것이었습니다. 나무들은 사자들 덕분에 자기들의 목숨이 유지되었다는 것을 그제야 깨닫게 되었습니다.

아이들 영어책에 있는 이솝 우화 (나무와 사자 이야기)입니다.
평상시에 소중하다고 생각 안한 것, 불필요하다고 느낀 것이 그 존재가 사라졌을 때 강하게 느껴진다는 글입니다. 엄마의 잔소리, 일을 잘 못한다고 생각되는 직장 동료, 꼭 그 사람이 없어도 된다는 생각들⋯⋯

작은 것이라도 소중하게 생각해야 하겠습니다.

행복해지는 마음 노트 141
개와 고양이 사랑 표현

개와 고양이 사랑표현은 다릅니다. 개는 꼬리를 흔들면서 사랑 표현을 하지만 고양이는 꼬리를 내리면서 사랑 표현을 합니다. 둘 다 사랑표현을 하지만 전혀 다른 모습입니다. 사람도 똑같다는 생각이 듭니다. 각자가 자기 성향대로 사랑을 표현합니다. 그런데 그 사랑 표현을 알아차리기 까지 많은 시행착오를 겪게 됩니다. 그나마 상대방의 사랑 표현을 알아차린다면 다행이지만 그렇지 않은 경우가 더욱 많습니다.
자기표현도 중요합니다. 하지만 상대방의 표현도 바라 볼 수 있는 눈이 열렸으면 좋겠습니다.

세금

"세금을 많이 낼수록 좋은 거야. 그만큼 있다는 이야기 아냐"
길을 지나가다가 우연찮게 한 할머니와 아저씨와의 대화를 엿듣게 되었습니다.
할머니가 장사를 하는 아저씨에게 "세금을 많이 내냐"고 하니깐 "세금을 너무 많이 내서 힘들다"고 하니까 "세금을 많이 낼수록 좋은 거야, 그만큼 있다는 이야기 아니냐"라고 하셨습니다. 세금을 덜 내야 좋은 것이라는 생각을 갖고 있는 나에게는 신선한 발상의 전환이었습니다. 열심히 일하고 세금을 많이 내는 부자가 되는 것, 좋은 일인 것 같습니다. 자기만을 위한 부자가 아니라 베푸는 부자 말입니다.

행복해지는 마음 노트 143

입장 바뀜

추석 때 부모님께 갔습니다. 동생 식구와 우리 식구도 모처럼 만나 즐거운 시간을 가졌습니다. 식사를 하면서 이런 저런 얘기를 했습니다. 그 중 동생과 아버지와의 대화는 한참을 이어갔습니다. 요지는 아버지 나이에 외로움을 느껴서 바카스 아줌마를 만날 수 있는데 조심해야 한다는 것이었습니다. 구체적인 예를 들면서 아들이 아버지께 이야기를 하고 있었습니다. 그런데 늙은 아버지가 그 이야기를 아이처럼 수긍하면서 듣고 계시는 것이었습니다. 이제는 세월이 흘러 자식이 부모를 걱정해 드리는 모습으로 바뀐 것이었습니다. 전에는 받기만 한 사랑이었다면 이제는 서로를 걱정하는 사랑으로 바뀐 것입니다. 그것이 가능한 이유는 자식도 세월이 흘러 이제는 누군가의 부모가 되었기 때문에 가능하다고 생각되었습니다.

배추벌레

햇볕이 유난히 오래드는 옥상에 화분을 두고 야채와 꽃을 기르고 있습니다. 봄철에는 쌈을 심어서 나름대로 재미있게 즐거운 식단을 즐길 수가 있었습니다. 어떤 때에는 생각보다 많이 수확이 있어서 이웃집하고 나누어 먹기도 하였습니다. 9월초에는 배추 모종을 사다가 심었습니다. 배추 모종이 대략 50개 정도였는데 솎아내고 하면서 지금은 30포기 정도가 남았습니다. 배추를 키우면서 난 즐거움에 빠졌습니다.

아침에 운동 삼아 물을 주고 나면 배추들이 자라는 모습이 마냥 신기했기 때문입니다. 배추 잎이 제법 잘 자라주어서 속이 차라고 끈으로 배추를 묶어주기까지 했습니다. 그런데 어느 날부터인지 불청객이 찾아 들었습니다. 바로 배추벌레였습니다.

배추 잎이 중간 중간 구멍이 나기 시작했습니다. 처음에는 대수롭게 생각하지 않았습니다.

'쟤네들이 얼마나 먹겠어. 다 같이 먹고 살자고 하는 건데⋯⋯'

하지만 이 생각이 잘못되었다는 것을 바로 알아차렸습니다. 대수롭지 않게 여겼던 구멍이 아니라 잎 전체를 갈아먹는 커다란 입을 가진 무서운 적이었던 것입니다.

그래도 친환경인데 아침에 물을 주면서 몇 마리만 잡자라고 생각했습니다. 햇빛이 그리웠는지 배추벌레도 아침에 잎 끝으로 기어 나오는 것을 보았기 때문입니다. 하지만 이 생각도 잘못되었다는 것을 알아차렸습니다. 그 수가 너무 많았습니다.

난 특단의 조치를 취해야 했습니다. 바로 묶었던 끈을 풀어 버리고 배추벌레를 젓가락으로 잡아야 했습니다. 손으로 잡기 징그럽기에 잘 잡을 수 있는 젓가락을 선택하였습니다. 묶었던 끈을 풀고 잎을 하나씩 천천히 자세히 보니 숨어있는 녀석들의 존재를 확인할 수가 있었습니다.

마음도 같은 것 같습니다. 얼마나 많은 배추벌레와 같은 것이 내 마음 속에 숨어 있는지 모릅니다. 대수롭지 않게 생각했던 것들이 나의 마음을 상하게 하고 갈아먹고 있는지 모릅니다. 배추벌레가 먹고 싸놓은 똥처럼 내 마음에도 배추벌레처럼 마음을 갈아먹고 싸놓은 벌레의 똥들이 지저분하게 널려 있는지 모릅니다. 배추벌레를 잡기 위해서 내가 한 행동처럼 묶어 놓았던 마음을 활짝 열어야 합니다. 밝은 빛 가운데 마음을 들쳐봐야 합니다. 어디에 숨어 있는지 확인해야 합니다. 그리고 하나씩 젓가락으로 집어내야 합니다. 그래야 마음의 배추벌레가 사라질 것입니다.

아! 여기에 있었네. 배추벌레!

행복해지는 마음 노트 145

한글날에 찾아온 아이

"벌써 아이가 태어 난지 18년이 되었나 보다."
기다리고 만나고 싶었던 아이가 나에게 찾아온 날입니다.
한글날에 태어났다고 부모님께서는 아이의 생일은 잊어먹지 않겠다고 말
씀하기도 했습니다. 아이는 나에게 아빠라는 이름을 아내에게는 엄마라
는 이름을 가져다주었습니다. 아이가 지금까지 자라오면서 난 부모로서
많은 시행착오를 겪어야 했습니다. 아이에게 지나친 기대를 했던 것을 아
이가 자라면서 하나둘씩 내려놓아야 했습니다. 대신 아이가 건강하게 자
기가 원하는 꿈을 이루어가는 것으로 바뀌어 가고 있습니다.

"부모라는 이름을 내게 선물로 준 아이야 사랑한다."

행복해지는 마음 노트 146
전쟁

"아이들에게 총을 쏘지 마라. 차라리 감옥에 가둬라. 당신들도 사람이 아
닌가? 사람으로서 부끄럽지 않은가?"
한 팔레스타인 노인의 절규에 찬 목소리입니다.
총을 쏘는 군인들에게 향하여 자신의 몸으로 총구를 막으면서 외친 말입
니다.
분쟁지역인 이스라엘과 팔레스타인에서 벌어진 일입니다.
"얼마나 많은 아이들이 죽어야 하는가? 오늘 2명을 묻고 왔다."
총 앞에서 그는 용감했습니다. 난 위대한 영웅을 보았습니다.
지금 이 순간에 얼마나 많은 아이들이 "이유 있는 전쟁"으로 죽어가고 있
는지 모릅니다. 노인은 온 몸을 다해서 외치다 끝내 실신해서 실려 나갔
습니다.
노인의 외침은 끝나지 않았다고 생각합니다. 노인을 전혀 모르는 멀리 떨
어져 사는 이방인인 나에게도 떨림을 주었기 때문입니다.
전쟁이 이 지구위에서 사라지기를 소망할 뿐입니다.

행복해지는 마음 노트 147
연습과 실전의 차이

아이와의 수업에서 아이가 문제를 틀려서 같은 문제 유형을 다시금 풀렸습니다.

아이는 자신 있다면서 문제를 풀어왔습니다. 하지만 똑같은 부분에서 틀렸습니다. 아이의 생각에는 안다고 생각을 했지만 결과는 자신의 생각과는 달랐습니다. 아이에게 이야기 했습니다.

"지금은 틀려도 괜찮다. 연습에서는 틀려도 고칠 수가 있다. 잘못 된 것을 고칠 수 있는 것이 연습하는 시간이다. 하지만 실전인 시험에서는 다르다. 실전에서는 틀린 것을 고치고 싶어도 고칠 수가 없다. 실전에서 틀리지 않기 위해서 연습이 필요하다"

지금 까지 살아오면서 수없이 많은 연습을 해왔습니다. 때로는 그 연습이 싫어서 던져 버리고 포기 한 적이 한 두 번이 아니었습니다. 그러다가 미처 충분한 연습을 하지 못하고 실전을 경험했습니다. 실패는 당연한 일인지도 모르는 일입니다.

"연습에서 최선을 다해야 하겠다. 아이에게만 말하지 말고……"

착륙

아이가 물었습니다.
"landing이 무슨 뜻이에요?"
착륙하는 것이라고 말해주었습니다. 그러면서 이렇게 말을 해주었습니다.
"뜨는 것보다 착륙하는 것이 굉장히 중요하다."
운 좋게 사업이나 하는 일에 대하여 뜰 수 있습니다. 하늘을 나는 기쁨을 가질 수가 있습니다. 하지만 언제까지나 하늘을 날 수 있는 것은 아닙니다. 연료가 떨어지기 전에 비행을 마쳐야 하기 때문입니다. 비행을 마칠 시기가 찾아오면 가장 바라는 것은 무사하게 착륙하는 것입니다.
안전하게 비행을 마치기 위해서 필요한 것 중 하나가 바퀴를 내리는 것이라는 생각이 듭니다. 계기판을 살피는 일 또한 필요합니다. 얼마나 하늘에서 머무를 수 있는 연료가 있는지 기상은 어떤지 살펴보아야 합니다. 그런 일들을 살피지 않으면 착륙이 아닌 추락이 되기 때문입니다.
추락을 원하는 사람은 아마 없을 것입니다. 안전하게 멋진 비행을 했다고 외치고 싶다면 한번쯤은 착륙에 대해서 생각해야 하겠습니다.

행복해지는 마음 노트 149
쓸데없는 오지랖

요즘 들어 생겨나는 불필요한 일 들 중 대부분이 쓸데없는 참관으로 불러왔습니다. 분명 좋은 의도에서 시작되었습니다. 하지만 의도와는 전혀 다른 방향으로 일이 진행이 되어 곤란을 겪게 되었습니다. 그냥 모른 척 할 것 그랬나 하는 생각이 강하게 들었습니다. 나이가 들어가면서 지나치게 남의 일에 간섭하고 이래라 저래라 하고 있는 나의 모습을 보게 됩니다. 오늘 같은 경우도 그렇습니다.

눈병이 난 아이가 일주일마다 왔는데 눈이 완전히 나은 상태가 아니라서 아이가 가는 태권도 관장에게 전화를 했습니다. 그런데 문제가 생겼습니다. 아이가 오지 않는다고 생각했는지 태권도 학원에서 차량을 운행을 하지 않는 바람에 아이가 중간에서 사라지는 어처구니가 없는 일이 발생했습니다. 입장이 곤란해졌습니다. 분명히 상대방에게 좋은 의도였다고는 하지만 그것으로 인해 나의 힘을 분산시키는 결과를 가져왔습니다. 상대방이 도움을 구할 때 도와야 하겠다고 생각했습니다. 쓸데없는 오지랖은 버려야 하겠습니다. 정말 나의 도움이 필요로 한지, 나의 도움이 그 사람에게 효과적으로 전달이 되어 유용한지 생각해야 하겠습니다. 다른 사람을 살피는 것도 중요하지만 내 자신을 먼저 돌아보아야 하겠습니다.

행복해지는 마음 노트 150
익숙함

부모님 댁에 들렀다가 왔습니다. 부모님이 사시는 서대문은 항상 의정부 - 송추 - 불광동을 지나는 노선을 택해서 다녔습니다. 집으로 돌아 올 때도 같은 노선을 선택했습니다. 막히지 않으면 약 2시간 정도가 소요가 됩니다. 그런데 얼마 전부터 이 노선이 아닌 의정부 - 동부간선 도로 - 북부 간선 도로 - 내부 순환로를 이용하기 시작했습니다.

오늘 부모님 댁에 가기 전에 내비게이션을 켜고 길 안내를 받으니 내가 전에는 가지 않았던 길을 안내해주는 것이었습니다. 전에도 내비게이션을 켰을 때 내가 가지 않았던 길을 안내해주었지만 난 내 고집대로 나의 길, 나만의 길을 선택했었습니다.

그러다가 한번 내비게이션의 안내대로 움직여 보았는데 1시간 만에 집에 도착하였습니다. 획기적인 일이었습니다. 요사이 난 일에 있어서도 이런 획기적인 것을 경험했습니다. 똑같은 텔레비전인데도 불구하고 방송사를 바꾸니 더 선명하고 또렷한 화질을 경험할 수 있었습니다. 모든 일이 내비게이션의 안내처럼 항상 정확한 것은 아닙니다. 하지만 오늘처럼 똑같은 방법과 경로가 아닌 다른 방법을 선택해야 새로운 것을 경험할 수가 있다라는 생각이 들었습니다.

나이가 들어가고 경력이 쌓이면서 이런 새로운 것에 대한 도전을 하지 않게 됩니다. 그 이유 중 가장 큰 것이 안도의 늪 때문인 것 같습니다. 새로운 것을 추구하기보다는 안정을 택하는 마음이 더 크기 때문에 변화가 없다라는 생각이 들었습니다.

내 마음의 거울
– 최태균

뿌옇게 김이 서린 거울 앞에 섭니다.
어떻게 하지?
거울을 보기 위해서는
거울에 서려있는 물기를
깨끗하게 없애야 합니다.
행복으로 가는 길에 있어서
나를 바로 바라보는 것은 매우 중요합니다.

지독한 우울 , 분노, 슬픔, 불평.......
이런 것들을 깨끗하게 걷어내고
내 마음의 거울을 보아야 합니다.

거울을 닦는 일
그것은 조용하게 나를 살피는 것입니다.

도서출판 그림책에서 귀하의 출판을 도와드립니다!!!
어떤 분야의 책이든 도서출판 그림책을 거치면
책의 품격과 가치를 높여 드립니다.

연락처 TEL(010)2676-9912 / khbang21@naver.com